JAZZ EN DOMINICANA - 2022
LAS ENTREVISTAS
FERNANDO RODRIGUEZ DE MONDESERT

Ukiyoto Publishing

All global publishing rights are held by

Ukiyoto Publishing

Published in 2023

Content Copyright © Fernando Rodriguez De Mondesert

ISBN 9789360161286

All rights reserved.
No part of this publication may be reproduced, transmitted, or stored in a retrieval system, in any form by any means, electronic, mechanical, photocopying, recording or otherwise, without the prior permission of the publisher.

The moral rights of the author have been asserted. This is a work of fiction. Names, characters, businesses, places, events, locales, and incidents are either the products of the author's imagination or used in a fictitious manner. Any resemblance to actual persons, living or dead, or actual events is purely coincidental.

This book is sold subject to the condition that it shall not by way of trade or otherwise, be lent, resold, hired out or otherwise circulated, without the publisher's prior consent, in any form of binding or cover other than that in which it is published.

www.ukiyoto.com

Dedicatoria

Dedico esta obra a mi querida esposa y amor de mi vida Ilusha, quien ha sido mi gran apoyo, consejera, inspiración y sobretodo … mi amiga. A Sebastián, Renata y Carlos Antonio, quienes me motivan a ser mejor y dar más cada día. A Alexis, Guillermo, Pedro y Alfonso, quienes desinteresadamente han colaborado con esta publicación; así como a cada uno de los 10 entrevistados.

Es por todos ustedes y por el jazz en nuestro país, la República Dominicana, que estos esfuerzos se hacen y se seguirán haciendo!!

Agradecimientos

Lo que comenzó en el 2006 como un medio digital enfocado en informar sobre la dinámica del jazz en la República Dominicana, se ha convertido en un proyecto que ha realizado una labor de promoción y desarrollo de nuestros talentos, en el país e internacionalmente. Agradezco a los músicos (los de ayer, los de hoy y a los del mañana); al gran público que sigue el jazz; a los establecimientos que han sido y son centros de presentaciones; a las marcas que patrocinan y creen en este género; a los medios escritos, digitales, radio y televisivos; y a los grandes amigos por su apoyo y respaldo.

Estoy, muy agradecido de la Ukiyoto Publishing por creer que un blog de jazz y en español, pudiera tener un contenido de calidad, pudiera motivar a que ellos me invitaran a entregar un quinto título, siendo este el cuarto en la serie Jazz en Dominicana - Las Entrevistas. El mismo recopila las entrevistas publicadas en la página (blog) de Jazz en Dominicana en el 2022.

Por último quiero agradecer al equipo de Jazz en Dominicana: ellos son productores, técnicos de sonido, ilustradores, fotógrafos, colaboradores y más, quienes siempre están prestos para el próximo evento, proyecto y aventura jazzística.

A todos, mi más profundo agradecimiento

Contenido

Dedicatoria	i
Reconocimientos	iii
Prologo	1
Un libro con música para escuchar	8
Sandy Gabriel	9
Ángel Irizarry	22
Federico Méndez	35
José Alberto Ureña	42
Wilfred Reyes	50
Alexander Vásquez	57
Carlito Estrada	74
Carlos Mota	84
Corey Allen	99
Michelle Marie	120
A Dominican Jazz Sampler	132
Sobre el Autor	134
Fotos de los Entrevistados	272-281

Contents

Dedication	138
Acknowldements	139
Prologue	140
Sandy Gabriel	149

Angel Irizarry	162
Federico Mendez	174
Jose Alberto Urena	181
Wilfred Reyes	189
Alexander Vásquez	196
Carlito Estrada	211
Carlos Mota	220
Corey Allen	235
Michelle Marie	256
A Dominican Jazz Sampler	267
About the Author	269
Interviewees - Photographs	272-281

Prologo

Cómo Chano Pozo tocó el tambor en la cuna de Fernando!

Este 3 de diciembre del 2022, en que escribo estas letras, se conmemora el 75 aniversario de que perdiera la vida a balazos durante un altercado en el Río Bar Grill, ubicado en la esquina de las calles 111 y Lennox, en Harlem, Chano Pozo.

La tragedia fue por culpa de un paquete de marihuana de mala calidad que Eusebo Muñoz, alias el Cabito -a estas alturas no se sabe si era cubano o puertorriqueño, ni qué fue de su vida- le vendió a Chano. El músico insultó al Cabito y le exigió que le devolviera los cinco dólares que le había costado. El traficante se negó, sacó una pistola y le dio seis tiros al famoso tamborero. Cogió los 1,500 dólares que el músico llevaba escondidos en el zapato izquierdo y huyó. Hasta el sol de hoy.

Seis disparos fueron demasiados para acallar las manos que irrumpieron con las congas en el jazz, cambiándolo para siempre.

Chano Pozo había hecho un alto en el tour que hacía con la orquesta de Dizzy Gillespie, su descubridor. Había regresado a Nueva York para comprar unas tumbadoras con qué reponer las que le robaron en Raleigh, North Carolina. Dicen que había prolongado los días en New

York porque extrañaba a su amante, Caridad Martínez, con la que vivía en Harlem. Incluso se dice que se sentía muy incómodo con el racismo que sintió en carne propia durante la gira por los estados del Sur norteamericano.

Pero Chano tenía una cuenta pendiente con su santo Changó (Santa Bárbara en la religión católica). Antes de marcharse de Cuba, un babalawo le había tirado los caracoles y le había salido que tenía que hacer iyabó antes de cruzar el mar, o no regresaría vivo a su tierra. Mas la prisa del viaje, le impelió a dejar para su regreso el hacerse santo. Murió un 3 de diciembre. El 4 es el día de Santa Bárbara.

La primera presentación de Chano con Dizzy y su banda fue en el Town Hall de Nueva York en 1947. Así lo vio el crítico de jazz Marshall Stearns: "Chano Pozo se agachó en el centro del escenario y batió un tambor de muchas voces con sus manos encallecidas. Mantuvo al público en un silencio de sobrecogido respeto durante treinta minutos, cantando en un dialecto del África Occidental, mientras subía y bajaba, de un murmullo al alarido, y volvía al punto de partida".

"Chano impuso su estilo propio, tenía en la cabeza la "clave cubana", había que seguirlo, cambió algunos acentos en la tumbadora. Dizzy que era músico le aplicó la armonía y arreglaron el resto con un puente musical, estructurado por el talento de Walter Gilbert Fuller, apoyado por otro no menos talentoso que Chico O´Farrill, quienes adaptaron el nuevo patrón de Chano para hacerlo más sencillo, nítido y viable2, establecIó el crítico musical cubano Rafael Lam.

El sabio cubano Fernando Ortiz escribió: «Chano Pozo fue un revolucionario entre los tambores del jazz, su influjo fue directo, inmediato, eléctrico (…) Por el tambor de Chano Pozo hablaban sus abuelos, pero también hablaba toda Cuba. Debemos recordar su nombre para que no se pierda como el de tantos artistas anónimos que durante siglos han mantenido el arte musical de su genuina cubanía».

El encuentro de Chano Pozo con Dizzy Gillespie fue como la conjunción de dos galaxias desconocidas entre sí, para que ocurriera un Big Bang en la música.

De no haber existido ese negro robusto, de ñata pronunciada, labios gruesos y manazas de estibador, Fernando Rodríguez de Mondesert probablemente no estuviese escribiendo de jazz latino, no se hubiese encaminado a hacer conciertos y nunca hubiese comenzado su blog que lo ha convertido ya en autor de cinco libros. O sí. Vaya Dios a saber.

Nacido en República Dominicana, a muy temprana edad la familia de Fernando Rodríguez de Mondesert se mudó a Estados Unidos donde vivió y fue educado (escuela elemental y High School) en Hempstead, New York. Luego de asistir a la Universidad de Houston, ejerció su carrera hotelera en la cadena Hilton, hasta el 1982, cuando retornó al país. Desde 1983 hasta el 2008 estuvo dedicado al sector del transporte y logística de carga; habiendo sido, entre otros: Gerente Operaciones de Island Couriers / Fedex; Gerente División Aérea de Caribetrans, S.A. y Gerente General de DHL.

En el 2006, creó Jazz en Dominicana, y desde el 2008 se dedica por entero a cada día informar, promover, posicionar y desarrollar el jazz en el país y el jazz dominicano fuera del país.

Cuando comenzó a escribir su blog, quien suscribe lo estimuló. Le llamó *"la enciclopedia del jazz dominicano"* y claro que otros colegas suyos que se dedicaban a la promoción del jazz en el país, se pusieron celosos. Pero Fernando es un hombre con un espíritu de persistencia envidiable. Y su talento para escribir es natural; así que con algunos pocos tips se dio cuenta cómo era la cuestión. Hace de eso 16 años.

Gracias a sus esfuerzos ha mantenido Jazz en Dominicana, que le sirve de fuente y de espacio para la promoción de nuevos talentos del jazz dominicano. Ese espacio múltiple y generoso ha servido de matriz para nombres del jazz actual dominicano como Josean Jacobo, Sabrina Estepan o el saxofonista Carlito Estrada, por solo mencionar tres de los muchísimos que ha promovido.

El gran éxito de Fernando está en que no se ha quedado en aquel blog que comenzó a escribir y hoy es una referencia, sino que se propuso servir de promotor del jazz latino, y convirtió su marca en un espacio de presentaciones, lo mismo en el hotel Dominican Fiesta que en un club de cigarros, donde quiera que le ofrezcan un espacio.

Ha producido grabaciones y se ha convertido en un eficiente periodista cultural, con entrevistas siempre interesantes a decenas de músicos de diferentes generaciones, instrumentos, estilos, pero siempre unidos por el jazz.

A través de más de 2,100 artículos -reseñas de conciertos y festivales, entrevistas, biografías, fotografías y más-

sobre lo que cotidianamente se denomina "los músicos del patio", se ha convertido en el el único medio escrito de comunicación dedicado 100% a este género musical en el país. Y, a través de los espacios de jazz en vivo ha logrado presentar a más de 1,350 eventos en los últimos 15 años.

Actualmente maneja el Fiesta Sunset Jazz (desde Diciembre del 2009) en el hotel Dominican Fiesta, Jazz Nights at Acrópolis y los Jazzy Tuesdays en Fusion Market.

Artículos suyos han aparecido en los periódicos "Listín Diario", "Hoy" y "Diario Libre", entre otros. Ha escrito artículos en la afamada publicación All About Jazz en inglés.

Fernando Rodríguez de Mondesert es el único dominicano miembro de la Jazz Journalist Association. Ha sido miembro del jurado del 7 Virtual Jazz Club International Contest, desde su inicio en el 2016. Ha sido seleccionado Presidente del Jurado para la 7ma edición en este 2022.

Es un frecuente invitado a varias estaciones radiales a realizar programas especiales de Jazz. Igualmente a dictar charlas en clubes y otros.

Dentro de su bibliografía se encuentran cuatro libros en español e inglés, hasta ahora. A saber: "Jazz en Dominicana: Las Entrevistas 2019"; Ukiyoto Publishing, Febrero 2020; "Mujeres en el Jazz…, en Dominicana"; Ukiyoto Publishing, Enero 2021; "Jazz en Dominicana: Las Entrevistas 2020"; Ukiyoto Publishing, Abril 2021; "Jazz en Dominicana: Las Entrevistas 2021"; Ukiyoto Publishing, Febrero 2022.

Todo comenzó cuando resultó ganador de los premios Global Blog Awards 2019. Entonces Fernando escogió la oferta exclusiva de convertir sus mejores escritos seleccionados del blog, en un libro ilustrado publicado por la Ukiyoto Publishing Company; y convirtió "Jazz en Dominicana - Las Entrevistas 2019" en un libro, el cual fue publicado en febrero del 2020.

Durante el año 2020, en medio de la pandemia, la Ukiyoto Publishing continuó dando seguimiento a su trabajo, y al ver que las publicaciones en el blog de Jazz en Dominicana cumplían con los criterios de contenido, creatividad, unicidad, originalidad y enfoque, le invitaron a entregar un segundo y tercer título, resultando la invitación en: "Mujeres en el jazz ...en Dominicana", publicado en febrero del 2021, y "Jazz en Dominicana - Las Entrevistas 2020" en abril: a los que siguió "Jazz en Dominicana - Las Entrevistas 2020" en febrero de 2022.

Estas publicaciones han abierto y siguen abriendo una ventana a diversos actores que han sido, son y serán parte de la escena del jazz en República Dominicana.

Lo especial y diferente de estos libros es que no solamente están escritos en Español e Inglés, sino que están integrados con Realidad Aumentada. Hay un código QR colocado después de cada capitulo, que podrán escanear usando un escáner QR y escuchar la música de dicho entrevistado o artista.

Los cuatro libros publicados a la fecha, contienen entrevistas a 27 músicos y 7 productores de programas radiales, así como la presentación de 50 mujeres, quienes han contribuido y están contribuyendo enormemente en todos los estilos y en todas las épocas de la historia del jazz en la República Dominicana.

El combustible de Fernando es la pasión por el jazz.

Su huella y su impronta arrancaron, sin él saberlo cuando el tamborero Chano Pozo y el trompetista Dizzie Gillespie se conocieron en septiembre de 1947, por mediación de ese otro grande que fue Mario Bauzá. De la trascendencia de este saludo y esta amistad nació un trabajo vertiginoso y frutal, que —como el de Machito, Mongo Santamaría, Mario Bauzá y tantos otros— terminó por darle un sonido definitivo a eso que hoy conocemos como latin jazz.

Es como si Chano Pozo hubiese tocado el tambor en la cuna de Fernando Rodríguez de Mondesert.

Hay que agradecer a Fernando por lo que hace, que no es más que historiografiar lo que sucede hoy en el ámbito del jazz en República Dominicana.

Dejar huella, memoria histórica, pasión.

Alfonso Quiñones

Periodista, poeta, culturólogo, productor de cine y del programa de TV Confabulaciones. Productor y co-guionista del filme Dossier de ausencias (2020), productor, co-guionista y co-director de El Rey del Merengue (2020)

Diciembre del 2022

Un libro con música para escuchar

Como una forma de hacer esta lectura interactiva y didáctica, hemos sustentado este texto con la inclusión de códigos de respuesta rápida "QR" (Quick Response Code). Este nos permite escuchar al instante, a través de un teléfono móvil u otro dispositivo tecnológico, muestras de los trabajos de los músicos entrevistados, así como de los programas radiales resultados.

Este es un recurso que que conecta a los lectores con los entrevistados.

Descarga un aplicación de lectura de Código QR, disponibles en Google Play Store, si tienes Android, o App Store, si cuentas con tecnología de Apple.

Sandy Gabriel

1 de 2

Nos honra el tener al reconocido saxofonista, compositor, arreglista y líder de banda Sandy Gabriel como el primer entrevistado de este nuevo año, y con él dar inicio a nuestra serie de entrevistas 2022.

Es un saxofonista dominicano que conduce el hilo melódico del jazz hasta sus máximas consecuencias ulteriores. De afinada precisión, técnica depurada y profundo sentimiento. La pureza de su instrumento sobresale aún en medio de la más compleja estructura musical, luciendo como si se tratara de una espontánea exaltación al sonido en sí y de sus artificios musicales.

La vena artística le viene de familia, de su padre Sócrates Gabriel, quien fue el director de El Combo Candela, grupo que tuvo incidencia en la música popular dominicana de los años 70. "De él aprendí todo", asegura. A los 14 años de edad empezó a estudiar con su progenitor, el instrumento que hoy toca, heredando una marcada vocación por la música.

La hoja de vida de Sandy es extensa, por lo que resumiremos un poco, resaltando que fue ganador del Premio Nacional de Música en Jazz 2003; ha representado a nuestro país participando en diferentes festivales de jazz en el extranjero, entre ellos: Borinquen Jazz Festival y Heineken Jazz en Puerto Rico; el Ramajay Jazz Festival de Trinidad & Tobago; el Carib Jazz Festival de Honduras; The Caribbean Sea Jazz Festival en Aruba. Además, ha tenido múltiples presentaciones en festivales locales, tales como Dominican Republic Jazz Festival, Festival Internacional de Jazz de Casa de Teatro, Punta Cana-Bávaro Jazz Festival, Festival Internacional de Jazz Restauración. También el South Florida Dominican Jazz Festival en Miami. Sumemos que ha participado, en la grabación de la música de una considerable muestra de películas filmadas en nuestro país en los últimos años.

Sandy Gabriel ha participado en más de cien producciones musicales de artistas nacionales e Internacionales, entre ellos: Julio Iglesias, Juan Luis Guerra, Chichi Peralta, Pavel Núñez, Enmanuel, Víctor Víctor, Maridalia Hernández, Olga Tañón, Elvis Crespo, Manuel Tejada, Jorge Taveras, Pengbian Sang y Chichí Peralta. En 2008 fue productor musical del proyecto Big Band Núñez y de José Feliciano. En el 2010 actuó en el primer concierto del World Jazz Circuit Latin América abriendo la presentación a Alex Acuña, John Patitucci y Edward Simon; grabó en la producción A Son de Guerra de Juan Luis Guerra y 4-40; fue invitado a tocar en el concierto de Dave Grusin y Lee Ritenour.

El año 2011 lanzó su primera producción musical titulada Jazzeando. El concierto de lanzamiento de este álbum se realizó en el Teatro Nacional Eduardo Brito, en Santo Domingo, y fue ganador de los Premios Casandra en la categoría Concierto del Año.

Hicimos unas cuantas preguntas a Sandy, aprovechando que está inmerso en varios proyectos. Sus respuestas conforman una entrevista que se publicará en dos partes.

----- 0 -----

Jazz en Dominicana (JenD): Iniciamos la entrevista al preguntando, ¿quién es Sandy Gabriel según Sandy Gabriel?

Sandy Gabriel (SG): Pues, simple, Sandy Gabriel es un saxofonista, arreglista, compositor y productor musical, nacido de una familia musical, el cual ha heredado el legado de su padre Sócrates Gabriel y seguirá honrando y representando con orgullo su dominicanidad ante el mundo.

JenD: ¿Dónde naciste y creciste?

SG: Nací en la ciudad de Nagua, donde viví hasta la edad de 14 años, luego emigramos a la ciudad de Puerto Plata donde crecí y terminé mis estudios elementales de música junto a mi profesor de toda una vida, mi querido padre.

JenD: ¿Cómo te inicias en la música?

SG: Todo fue espontáneo, sin presión…todo natural: Crecí mirando instrumentos musicales de todo tipo en casa, escuchando mucha música. Desde principio de los años 70, mi padre tuvo el privilegio de ir de giras por Estados Unidos y comenzó a traer todo tipo de música de jazz, pop, rock, jazz tradicional y todos los grandes del jazz de la época, en ese ambiente fui creciendo y ahí comienza mi amor por el jazz.

JenD: ¿Cómo llegas al saxofón?

SG: Como sabes el instrumento principal de mi padre fue el saxofón, aunque también tocaba un poco de piano y guitarra, y yo, en ciertos momentos, le ponía las manos a su instrumento en momentos que él no se encontraba en casa. Mi madre me decía: "muchacho, tú vas a dañar ese instrumento, no le pongas las manos". Un día mi padre sale de la casa y regresa en unos minutos de vuelta y ahí me encuentra con el instrumento en manos, y desde ahí me dijo, "vamos a ver si te gusta, si veo que avanzas en é, te compraré uno, mientras tanto vamos a comenzar con el mío". Así lo hicimos y el avance fue tal que me compró mi propio saxofón a la edad de 10 años.

JenD: ¿Quiénes te han influenciado?

SG: Mi primera influencia fue mi padre, luego me presentó a Tavito Vásquez, después conocí la obra de Charlie Parker, John Coltrane y Cannonball Adderley; más adelante me encuentro con mi inspiración de toda la vida, el gran Michael Brecker.

JenD: ¿Sandy, que sientes al tocar?

SG: Paz, libertad de expresión, ternura; además, todo va depender del lugar, el setup del momento, eso te dará la conexión.

JenD: ¿Qué profesores te ayudaron a llegar al niveles que has llegado hoy? ¿Dónde y cómo fueron tus estudios?

SG: Tuve un solo profesor -desde cero- y fue mi padre. Más adelante tomé algunas master classes privadas en Estados Unidos; ya para obtener el grado de Licenciatura en Arreglo, Composición y Producción y Armonía, tuve como profesor principal a Corey Allen.

JenD: Te mueves entre lo clásico, el jazz, lo popular. ¿Qué tan fácil o difícil puede ser?

SG: Pienso que cada género musical es un reto y trato de adentrarme y acercarme lo mejor posible a lo que me toca interpretar, en cada momento y cada escenario. Disfruto a plenitud cada género, pienso que todo está en tu cabeza, en ubicarte y saber en qué te estas metiendo, en cada momento.

JenD: Vienes tocando por mucho tiempo, y en muchos estilos y géneros. ¿Comó han sido estas aventuras musicales?

SG: Cada aventura la llevo dentro de mi corazón, cada momento, ya sea bueno, malo, excelente, regular, etc., es una experiencia de vida. El simple hecho de ubicarte y respetar lo que vas a tocar en ese momento, te transporta a niveles extrapolares, todo va depender con qué nivel de respeto y concentración lo tomes, esto hará que quede plasmado- para siempre- en tu corazón como una experiencia nueva.

JenD: ¿Qué significa Sandy Gabriel & Puerto Plata Jazz Ensemble para ti?

SG: Hablar de esta banda, es hablar de una hermandad, la cual hemos mantenido por largos años, donde siempre hay una colaboración musical por parte de cada uno de los integrantes. Desde nuestros inicios ha sido así, hemos logrado tal sincronización que, con tan solo una mirada, ya sabemos para donde debemos ir. Pienso que el término Jazz Ensemble nos define bastante.

JenD: Nombra algunos de los grupos con los que has tocado como miembro o líder, sus estilos o géneros, y que fueron estos para ti.

SG: He formado parte de muchas bandas de excelente calidad musical y humana a la vez, entre los que te puedo mencionar: Bule Luna y Aravá, Rafelito Mirabal y Sistema Temperado, Los Padres de la Patria, Materia Prima. Estas son bandas de jazz. En el plano popular, pertenecí a las bandas de Juan Luis Guerra, Chichi Peralta, Pavel Núñez, Xiomara Fortuna, Maridalia Hernández, entre otros.

JenD: ¿Practicas mucho? ¿Qué rutinas utilizas y recomiendas para mejorar habilidades musicales?

SG: La verdad nunca he sido de mucho practicar, sí escucho mucha música diariamente de diferentes géneros y me actualizo con todo lo que sale a nivel de jazz en todo el mundo. Si voy fuera de la ciudad, hago una selección de lo que quiero escuchar en ese momento.

JenD: ¿Cuáles álbumes te han influenciado?

SG: De los primeros fueron Charlie Parker with Strings, John Coltrane - Giant Steps, Michael Brecker - Tales From The Hudson... los de Paquito D' Rivera, Spyro Gyra, The Yellowjackets, todos han influenciado desde que comencé en el mundo de la música. Un álbum muy importante para mí lo fue 80/81 de Pat Metheny; y, hablando de dominicanos, definitivamente Tavito Vásquez, el álbum que se llama Saxo Merengues Instrumentales.

JenD: Hablando de álbumes, ¿qué ha significado Jazzeando para ti?

SG: Este primer álbum ha marcado un antes y un después para mi carrera. Aunque he grabado para diferentes bandas desde hace años- desde merengue, jazz, fusión y diferentes estilos musicales- no es lo mismo que realizar tu propio trabajo discográfico, con todos sus temas originales, compuestos y arreglados por uno mismo, esto es como ver nacer un nuevo hijo y la verdad que, me ha proyectado nacional e internacionalmente, como carta de presentación, lo cual ha abierto puertas en importantes festivales y espacios de jazz.

Además, este álbum marcó un antes y un después en lo que al jazz dominicano se refiere, ya que obtuvo 2 nominaciones a los premios dominicanos más importantes de la República Dominicana y parte del Caribe: los Premios Soberanos. Además de ser nominado junto a otros géneros musicales, ser premiado es un logro bastante importante para nosotros, llevando el jazz a la sala de espectáculos más importante del país: Teatro Nacional Eduardo Brito.

----- 0 -----

Llegamos al final de la esta primera parte. La segunda tratará de temas como The Dominican Jazz Project, sus opiniones sobre varios temas, y sus planes para este año.

2 de 2

Sandy Gabriel es conocido por el particular sonido que ha dado su saxo al jazz que se hace en República Dominicana. El artista, nacido en 1972, expresa que, "las cualidades que se ha de tener para tocar su instrumento son: disciplina, un buen profesor, curiosidad y estar al tanto de las nuevas tecnologías", y añade escuchar mucha música.

En la segunda parte de este interesante encuentro con Sandy, nos vamos a referir a algunos aspectos de su vida en la música, como es The Dominican Jazz Project.

----- 0 -----

Jazz en Dominicana (JenD): ¿Que es The Dominican Jazz Project? ¿Qué importancia le ves a sus giras de actuaciones y master classes?

Sandy Gabriel (SG): Este es un importantísimo proyecto musical que nos ha abierto muchas puertas internacionales en importantes clubes y universidades donde hemos exhibido estas fusiones de raíces dominicanas con el jazz al más alto nivel. La agrupación está conformada por músicos dominicanos y norteamericanos, con los que hemos realizado dos importantes producciones musicales con temas totalmente originales y basado en nuestras raíces dominicanas. Tenemos muchos planes a nivel internacionales con esta banda, lo cual paralizamos por la pandemia; pero, Dios mediante, este año retomaremos todo nuevamente. Será un año de muchos frutos para nosotros.

JenD: ¿Cómo has evolucionado desde tus inicios?
SG: Yo diría que desde mis inicios a la fecha ha sido mucha la evolución musical, aunque nuestra meta es seguir aprendiendo cada día.

JenD: ¿Qué música escuchas en estos días?
SG: De todo. Toda la buena música, sin importar el género musical, forma parte de mi playlist. Es lo que siempre me mantiene actualizado, porque yo no solo

grabo y toco jazz, también vivo grabando diferentes géneros y escuchando de todo me mantiene al día; obviamente, siempre y cuando esté bien hecho.

JenD: ¿Entiendes que existe un jazz dominicano?

SG: Claro que sí. Fíjate que nosotros los dominicanos hasta nos hemos atrevido a incluir el acordeón, güira y tambora en el jazz, esto es solo para darté un simple ejemplo de cómo hemos fusionado el jazz con nuestra música, esto hace que exista un jazz dominicano. De hecho, en mis producciones musicales, incluyendo las de The Dominican Jazz Project, hay merengues fusionados con el jazz y no solo eso, sino que también está la mangulina, el carabiné, las salves y demás expresiones autóctonas, forman parte de las fusiones de jazz que realizamos, por lo tanto, podemos decir con mucha propiedad que sí, existe un jazz dominicano desde hace años.

JenD: ¿Y qué necesita ese jazz para crecer, para mantenerse, para difundirse y darse a conocer?

SG: Que sigamos produciendo buena música, sobretodo original, fusionadas con nuestros ritmos autóctonos. Es lo que nos identifica en cualquier lugar del mundo. Puedo asegurarte que solo los dominicanos podemos darle ese toque rítmico a la tambora y el acordeón dentro de esas fusiones, ya que, en otros países, aunque traten de incluir estos elementos rítmicos dominicanos, nunca sonará como lo hacemos nosotros, con mucha honra, humildad y propiedad.

JenD: ¿Qué importancia tiene nuestra herencia folklórica en el jazz a lo dominicano?

SG: Lo primero es que nuestra herencia folclórica es bastante rica rítmicamente hablando. En mi caso, me baso, primero, en el ritmo para fusionar con cualquier armonía de jazz. Fíjate que el ritmo es lo que define un tema musical, en el sentido de poder descifrar a que género musical pertenece. Aclarando, no es que una armonía sola no defina un género musical, pero para el que no sabe de música, se le hace más fácil definir equis género musical. Por esta razón, nuestra herencia musical por ser tan diversa y alegre rítmicamente hablando, pues nos ayuda a poder definir con mayor propiedad nuestro jazz dominicano.

JenD: ¿Si pudieras cambiar algo en el mundo de la música, y se pudiera convertir en realidad, que sería?

SG: ¡Cambiaría toda la música mala por buena!

Lo primero que te viene a la mente.
Sandy Gabriel.

SG: Humildad, perseverancia, persistencia, fe, hijo de Dios.

Zona Norte.

SG: Mis raíces, mi esencia, mis años de aprendizaje, estudios, escuela de vida.

Nuestra juventud.

SG: En constante ascenso, aprendizaje, movimiento, futuro promisorio.

JenD: ¿Con quién te hubiera o te gustaría tocar?

SG: Con Pat Metheny, Chick Corea, Michael Brecker.

JenD: ¿Qué planes hay para Sandy Gabriel en el 2022?

SG: Este 2022 nos ha entrado con mucha buena vibra y energía positiva. En enero, acabamos de realizar un par de actuaciones musicales junto a nuestra banda en Madrid, España, representando nuestro a país por todo lo alto. Nos llena de mucho orgullo que nos hayan elegido para llevar nuestra música por esas tierras, en medio de la feria turística más importante del mundo en estos momentos.

Algo de lo que no podemos dejar de hablar es de nuestra nueva producción musical, la cual es nuestra producción más emblemática, por el alto nivel de invitados especiales con los que hemos tenido la bendición de contar: Arturo Sandoval, Ivan Lins y Maridalia Hernández, Nestor Torres y Milton Salcedo, Danny Rivera, Jose Antonio Molina y la Orquesta Sinfónica Nacional, Rafael Solano, Ernán Lopez-Nussa, Guarionex Aquino, El Prodigio y una muestra de los mejores músicos de nuestro país, la cual estará en el mercado este 2022 si Dios nos lo permite. Más adelante brindaremos mayores detalles de lo que hemos logrado con esta producción, la cual llevará por nombre Sandy Gabriel & Friends.

JenD: ¿Qué quisieras agregar y compartir con nuestros lectores?

SG: Que nos place mucho poder brindarles buena música siempre, a pesar de lo bastante corrompido que están los medios que proyectan la música hoy día, nosotros siempre vamos a seguir apostando al respeto hacia el público, tratando de entregar todo el corazón en cada escenario donde tengamos el privilegio de actuar.

----- 0 -----

Ha sido una entrevista fructífera, la disfrutamos muchísimo. Gracias a Sandy por sacar tiempo de tu apretada agenda para compartir con nosotros y con tus fans.

Les dejamos con el enlace al más reciente álbum de The Dominican Jazz Project, Desde Lejos. El código QR le llevará a poder escuchar el mismo en su celular.

Ángel Irizarry

1 de 2

De niño se iba a ver a los grandes tocando en Jazz en Dominicana en Casa de Teatro y desde lejitos en el Fiesta Sunset Jazz. Tiempo después fue subiendo a las tarimas de nuestros espacios. Desde entonces hemos seguido la carrera del hijo de Belkys, quien siempre ha estado en constante crecimiento en la música a través de la búsqueda, experimentación y exploración.

Él es Ángel Irizarry Almonte, oriundo de Santo Domingo. Es un artista dominicano con 11 años de experiencia como maestro en República Dominicana, labor que continuó en Estados Unidos. Se graduó del Conservatorio Nacional de Música de Santo Domingo mención guitarra popular y de composición en Jazz en Berklee College of Music, donde contó con el apoyo de Latin Grammy Cultural Foundation, llevando una carrera como guitarrista para diferentes bandas y como músico de estudio.

Influenciado por estilos como jazz clásico, latin, blues y rock, Ángel ha escuchado un llamado a componer y producir a través de muchas exploraciones, llevándolo a crear para diferentes proyectos musicales y producciones audiovisuales.

Damos inicio a esta primera entrega, resultado de nuestro encuentro…nuestro "conversao".

Jazz en Dominicana (JenD): ¿Quién es Ángel Irizarry según Ángel Irizarry?

Ángel Irizarry (AI): Ángel es una persona empática y curiosa, cuya cualidad le ha permitido tener inclinación por la música e iniciarse en la guitarra, pasando a la composición y producción.

JenD: ¿Cómo te inicias en la música? ¿Por qué la guitarra?

AI: Pues en mi época del bachillerato compartía con varios amigos con quienes escuchaba mayormente rock y blues (Clapton, Santana, Linkin Park, System Of A Down). Y la guitarra fue una elección influenciada por mis amigos y los estilos musicales que escuchábamos. En una temporada, recién terminaba de hacer mis trabajos de verano, y con lo ahorrado decidí comprarme mi primera guitarra clásica que, al día de hoy, aún conservo.

JenD: ¿Quiénes te influenciaron?

AI: Pues, aparte de artistas como Scofield, Benson y Coltrane, amigos y maestros como Elvin Rodríguez, Jaques Martínez y Christina Díaz. Ellos fueron los que realmente me despertaron la chispa de la curiosidad.

JenD: ¿Cuáles álbumes te han influenciado?

AI: Siempre es difícil de escoger, pero pienso que cada época de mi vida ha tenido un enfoque y gusto diferente. Podría decir que son, I Can See Your House From Here - Metheny & Scofield, Kind of Blue - Miles Davis, Unplugged - Alejandro Sanz, Black-Messiah - D' Angelo.

JenD: ¿Cómo iniciaste tus estudios?

AI: Luego de conseguir mi primera guitarra comencé a practicar con mis amigos, luego empecé a buscar profesores hasta que llegué a la academia de música de Jacqueline Huguet, donde me preparé para entrar al Conservatorio Nacional de Música.

JenD: ¿Cómo fueron tus experiencias en el Conservatorio y luego en Berklee?

AI: Son dos instituciones donde tuve gran crecimiento. El Conservatorio significa para mí, la cuna de mi curiosidad y Berklee es la expansión de posibilidades. En el Conservatorio estuve absorbiendo y compartiendo tanta información que no había tiempo que perder: proyectos musicales con amigos, componiendo mucho…mucha diversión en ese proceso. Esto me dio la base para estar listo para Berklee.

En Berklee se siente que has llegado a un Disneyland para músicos, a parte de la gran diversidad de especialidades, en todas las temporadas del año hay actividades que ayudan a crecer en tu carrera. Algo que valoro bastante es que llegas a conocer tanta gente de tantas partes del mundo que absorbes también su cultura. En mi caso, que estudié composición en jazz, siempre que podía agregaba elementos de mis raíces como dominicano y eso también influenciaba a mis compañeros.

Eventualmente, por tanta curiosidad, me llevé muchos conocimientos de producción musical haciendo una doble titulación con la carrera de CWP. En fin, fueron experiencias que se han sumado para darme más claridad sobre lo que quiero hacer con mi carrera y cómo ejecutar esas ideas.

Tengo que decir que, si no hubiera pisado Berklee, quizás no hubiera conocido a mis mejores amigos, al amor de mi vida, tener una participación directa en los Latin Grammys y muchas cosas más. Solo puedo agregar que estoy agradecido con cada experiencia.

JenD: ¿Cuáles géneros musicales prefieres y por qué?

AI: Rock, jazz, pop y el impresionismo. Pues cada uno de estos realmente son lenguajes que he apreciado durante mi crecimiento. El rock y el jazz tienen una base muy fuerte en el blues, y eventualmente se mezcla con lo que es el pop de cada generación. Es muy interesante ver cómo cambia el 'pop en cada década. Y sobre el impresionismo, siento que es el clímax de la música clásica, donde se pueden encontrar ideas tan fantásticas pero tan reales al mismo tiempo. De igual manera el impresionismo ha influenciado en el jazz armónicamente lo cual pienso que ayuda a cerrar un gran círculo entre estos géneros o lenguajes.

JenD: Vienes tocando muchos estilos y géneros con diversos grupos. ¿De qué manera te ha ayudado esta práctica?

AI: Pues cada situación es diferente. Tener esa versatilidad ayuda a estar más preparado para cualquier momento a la hora de tocar, componer, arreglar y producir.

JenD: ¿Consideras que ya tienes tu estilo, tu sonido?

AI: No lo creo. Hay tantas cosas sin decir que, aún, hay que descubrir cuál es esa voz que realmente me define.

JenD: Ya has liderado varios proyectos musicales, Té de Tilo, CariJazz RD, Irizarry & Roots, Ángel

Irizarry Trío… ¿Puedes compartir con nuestros lectores sobre estos?

AI: Pues cada uno de esos proyectos han surgido en diferentes etapas de mi vida y en diferentes lugares. Cada uno ha tenido su enfoque en el jazz, pero al mismo tiempo con cada uno he aprendido cosas diferentes; no solo musicalmente, sino conectando: con la banda, con el público, con los establecimientos donde nos presentamos. Al final eso es lo que busca la gente.

Hasta aquí llegamos con la primera parte de nuestro encuentro.

2 de 2

Hemos sido testigos de la apertura a un mundo completamente nuevo, recibiendo, cada día, más influencias, desde la música clásica, hasta el folk sudamericano; desde sus raíces afroantillanas y latinas, hasta el jazz de vanguardia y contemporáneo. Así se ha ido formando a Ángel, quien nos comparte sus andanzas y aprendizajes.

Sea que esté como músico independiente- haciendo arreglos, liderando su banda, suministrando música para cine, radio, televisión y nuevos medios- o componiendo música original para Women in the Wild o preparando cursos como Teoría Musical para todos, Ángel mantiene un ocupado tren de vida. Es por ello que estamos muy agradecidos por el tiempo que se ha tomado para responder nuestras preguntas.

Continuemos con la segunda y última parte del "conversao" con Ángel Irizarry Almonte.

Jazz en Dominicana (JenD): ¿Cómo se da el proceso a la hora de componer? ¿Cuáles temas consideras tus favoritos, y por qué?

Ángel Irizarry (AI): Pues, desde que tomé la guitarra por primera vez siempre traté de crear melodías originales y era lo que más me fascinaba. Sobre el proceso de composición, es diferente en cada caso. Uno puede trabajar por inspiración o por intención. En la mayoría de los casos me siento bien con la guitarra, el lápiz y el papel, pues así fue que aprendí y estoy más relajado de esa manera. Uno debe confiar en sus "armas de reglamento". Eventualmente uno aprende a usar otras herramientas, ideas y recursos que ayudan a darle mejor forma a la obra. Ya sea un software o técnicas de producción de audio, un libro de contrapunto o armonía, e incluso un catálogo de artes plásticas o un libro de poemas. Todo influye, pero realmente pienso que las composiciones más relevantes vienen de la experiencia de vida del propio creador. Lo importante es conocer qué es lo que te funciona.

Uno de mis temas favoritos es Palo To, tiene muchos elementos que me hacen sentir orgulloso, por poder representar en una sola obra, mis influencias del jazz, rock, estilo latino y elementos de la música dominicana.

JenD: A tus quehaceres, has sumado la composición para cine y la educación a través de talleres. Cuéntanos.

AI: Estos son proyectos que comenzaron con simples ideas hace años. Cuando Ana Ortiz Wienquen (mi esposa) y yo nos conocimos en Berklee, no solo comenzamos una relación amorosa, sino que vimos que tenemos la visión de que lo bueno hay que compartirlo. Ana me ha influenciado mucho con respecto a la producción musical para el cine y audiovisuales, ha sido mi piedra angular de una forma personal y profesional.

En el verano del 2021 produjimos el taller de Música de Cine: Intro, impartido en M33 Estudio de Audio, donde ejecutamos una modalidad mixta, presencial /en línea. El propósito del taller era de mostrarles a los compositores dominicanos las diferentes oportunidades y técnicas de composición dentro del mercado musical/ cinematográfico. Nos dimos cuenta que en República Dominicana hay mucha curiosidad con respecto a este tema y es posible que en un futuro repitamos este taller.

JenD: El pasado noviembre (2021) diste el curso Teoría Musical para todos. ¿Cómo pensaste en él? ¿Cómo te fue?

AI: Pues surgió de la necesidad de la gente tener una idea más clara de cómo funciona la música, desde el punto de vista fundamental. He notado un patrón que se repite en todas partes, escuelas de música, universidades, en la calle. La gente le tiene miedo u odio a la teoría musical y honestamente eso me parte el corazón. Lamentablemente el sistema educativo en general está basado en la forma de enseñanza de hace 100 años. Pero éso ya está cambiando, aunque todavía no llega a todas las instituciones.

Este taller busca que el aprendizaje, para todo el mundo, sea un poco más interesante e inclusivo, no importa si tienes experiencia musical o no. Se enseña dando más participación y quitando tabúes de que la teoría es difícil. El problema es que sin la práctica inmediata de esta información esas ideas se quedan en el papel. Un aprendizaje basado en experiencias es más efectivo que repetir instrucciones una y otra vez.

JenD: Para ti, ¿qué es el Afro Dominican jazz? ¿Existe, hoy en día, el Afro Dominican Jazz?

AI: Para mí es la mezcla entre las raíces dominicanas y la influencia del jazz que ha llegado a tantas partes del mundo, destinado a mezclarse con cada cultura. Siento que ha existido desde hace mucho tiempo, desde la época de Luis "Terror" Días, Toné Vicioso y Xiomara Fortuna. La única diferencia es que esta generación puede tener más alcance debido a la evolución de la distribución musical. Tomando en cuenta que si ahora hay una generación joven que está influenciada por los artistas mencionados anteriormente, digo que, si, existe y estoy muy interesado en ver cómo puede evolucionar con los años.

Responde lo primero que te venga a la mente.
Ángel Irizarry.
AI: Curioso.

Belkys Almonte.
AI: Amiga.

Berklee.

AI: Molde.

Ana.

AI: Futuro.

JenD: ¿Qué música escuchas en estos días?

AI: D'Angelo, 23 Collective, Moonchild.

JenD: ¿Qué ves como la próxima etapa musical para ti?

AI: El último par de años ha sido muy incierto para la mayoría del mundo, pero lo importante es ejecutar un plan poco a poco. Siempre estoy componiendo para agrandar mi catálogo musical y, también, haciendo música especializada para jingles y demás producciones audiovisuales. El objetivo es llegar a la gran pantalla, videojuegos, tv en general, producciones a cualquier escala.

JenD: Estarás lanzando un nuevo sencillo en estos días. ¿De qué se trata?

AI: El 22 de abril de este año se estrenará una de mis nuevas composiciones Desde Adentro. Es algo diferente a Momento en cuanto al formato, interpretación y estilo. Desde Adentro tiene muchas de mis influencias bien marcadas de aquel momento en el que la escribí. Podrán escuchar mucho rock, merengue, gagá, R&B. Cada sección es un espacio diferente dentro de una pieza musical. Y el mensaje que lleva es agresivo, muchas veces solo vemos lo que está a simple vista pero una persona carga un mundo con muchos escenarios dentro, mucho desorden y caos que forman parte de cada uno. Simplemente aprendemos a abrazar eso y poder montarnos en ese desorden para avanzar.

JenD: ¿Quiénes forman parte de la producción Desde Adentro?

AI: Cuento con Ivanna Cuesta en la batería, Dana Roth en el bajo, Estefanía Núñez en el piano, Eudy Ramírez en la percusión. Contando también con Laura Agudelo como ingeniera de grabación y Abner Cabrera como ingeniero de mezcla y masterización.

JenD: ¿Qué otros planes hay para Ángel en este 2022?

AI: Actualmente estoy enseñando en el ITLA un curso sobre fundamentos de la música y sonido para los estudiantes de diseño de videojuegos y aplicaciones. También, tengo colaboraciones con artistas locales que se estarán publicando durante el año. Algunos lanzamientos personales también estarán viendo la luz, así como la publicación de trabajos previos de diferentes cortometrajes y música de mi proyecto personal.

JenD: Finalmente, ¿qué más quisieras compartir con nuestros lectores?

AI: Primero, agradecerles a Fernando Rodriguez De Mondesert y Jazz en Dominicana por los años que han estado dando a conocer al mundo sobre el jazz de nuestro patio. Y me despido invitándoles a mi website,

angelirizarrymusic.com, donde estaré compartiendo futuros proyectos.

Dando click en el QR de abajo pueden disfrutar de su composición original Momento en Spotify.

Federico Méndez

Cada entrevista que realizamos se convierte en una experiencia única, de la misma manera que cada entrevistado es únicos, personas con especiales dones y talentos, los que utilizan para hacer un país y un mundo mejor.

En el transcurrir de la misma abren sus corazones y nos permiten conocerlos de cerca y refrendar que son especiales seres humanos. Es lo que tratamos de transmitir. Esperamos lograrlo.

El invitado a la tercera entrega de la serie Entrevistas 2022 de Jazz en Dominicana, es el guitarrista, compositor, arreglista, productor, líder de banda y educador Federico Méndez.

Federico se graduó en la Universidad de Georgia y en Berklee College of Music. Es uno de los guitarristas más solicitados en la escena musical de nuestro país. Ha participado en numerosas grabaciones, musicales e importantes espectáculos. Ha trabajado con Danny Rivera, Arturo Sandoval, Eumir Deodato, José Feliciano, Luis Fonsi, Juanes, Milly Quezada, Olga Tañón, Cumbia Kings, Jandy Feliz, Joseph Fonseca, Manny Manuel, Ilegales, Los Hermanos Rosario, Eddy Herrera, Gissel, Michel El Buenón, Fernando Villalona, Héctor Acosta, Sergio Vargas, Frank Ceara y muchos más.

Es actualmente miembro de la muy reconocida agrupación Retro Jazz y profesor en la Escuela

Internacional de Música Contemporánea de la Universidad Pedro Henríquez Ureña (UNPHU).

Jazz en Dominicana (JenD): ¿Quién es Federico Méndez según Federico Méndez?

Federico Méndez (FM): Fede el músico, el profe, el papá. Así nada más.

JenD: ¿Dónde naciste y creciste?

FM: Soy dominicano "de pura sepa". Nací y crecí en Santo Domingo, donde viví hasta los 21 años.

JenD: ¿Cómo te inicias en la música?

FM: Desde temprana edad en mi casa, tuve clases de piano, primero, y después de guitarra. También, me interesé un tiempo por la percusión. Luego, de adolescente empecé a tocar guitarra en grupos cristianos.

JenD: ¿Cómo llegas a la guitarra?

FM: Desde niño, mi papa tenia guitarras y yo les ponía la mano de vez en cuando.

JenD: ¿Quiénes te influenciaron?

FM: Uff…pues muchos artistas y profesores. Para mencionar algunos, mi profesor John Southerland, mi profesor Jim Kelly, Pat Metheny, John Scofield, Mike Stern, Sonny Rollins…

JenD: ¿Qué profesores te ayudaron a progresar a los niveles que has llegado hoy día? ¿Dónde y cómo fueron tus estudios?

FM: Cuando salí del colegio, estudié en INTEC. Allí me gradué con honores de ingeniero civil. Luego, a través de una beca Rotarla, estudié guitarra clásica en la Universidad de Georgia con el maestro John Southerland. Ahí obtuve el primer diploma de música. En Georgia fue donde me desarrollé en muchos géneros americanos. Siempre fui versátil, me encantan todos los géneros. Ahí tuve la oportunidad de tocar blues, funk, R&B y gospel en una iglesia bautista de negros; también, en otra iglesia de blancos, con bandas de latín jazz, jazz, con la big band la universidad, la banda de steel drums, con los musicales de Broadway en los teatros comunitarios y varios formatos de ensambles y orquestas clásicas. Obtuve mi primera licenciatura en Performance. Fue una gran experiencia. Luego pasé a Berklee College of Music a perfeccionar mis estudios de jazz, composición y arreglo y me gradué con la licenciatura de Profesional Music. Luego mude a Santo Domingo, otra vez, en 2002.

JenD: Vienes tocando por mucho tiempo, y en muchos estilos y géneros a través estos años. ¿Cómo han sido estas aventuras musicales?

FM: Espectaculares, como dije, me encantan todos los géneros siempre estoy aprendiendo algo nuevo

JenD: ¿Qué significa Retro Jazz para ti?

FM: Es un proyecto maravilloso, junto a amigos maravillosos, me siento honrado de ser parte.

JenD: ¿En cuáles grupos has tocado como miembro o líder, sus estilos o géneros, y que han significado para ti?

FM: Pues, gran parte de mi carrera me la he pasado grabando guitarras en muchísimas producciones nacionales e internacionales. Creo que, más que tocar en grupos, grabar ha sido lo principal. He grabado para Olga Tañón, Gissel, Manny Manuel, Sergio Vargas, Johnny Ventura, Jandy Feliz, Los Hermanos Rosario, Eddy Herrera, Hector Acosta, José Feliciano, Ilegales, Danny Rivera, Gilberto Santa Rosa, Daniel Santa Cruz, Adalgisa Pantaleón y otros, gracias a Dios. En cuanto a tocadas igual estoy muy activo en los shows internacionales que se hacen en el país. Otros proyectos importantes han sido la Santo Domingo Jazz Big Band y Retro Jazz. Toque con Lauryn Hill y The Fugees. Eso fue interesante.

JenD: ¿Practicas mucho? ¿Qué rutinas utilizas y recomiendas para mejorar habilidades musicales?

FM: Ahora mismo, para serte honesto, no tanto; pero en los años 90 practicaba como loco: 8 horas diarias y más. Ahora estoy dedicado a la enseñanza y a los arreglos y la composición.

JenD: ¿Cuáles álbumes te influenciado?

FM: Sería una lista larga. He escuchado y estudiado tanta música. Todos los álbumes clásicos del jazz de Miles Davis y sus grandes grupos, por ejemplo Kind of Blue, Cookin´, Milestones, Birth of the Cool, etc. Los de Coltrane y Bill Evans también. Los del Pat Metheny Group, principalmente los viejos, de los 80s. Los clásicos...etc.

JenD: ¿Qué música escuchas en estos días?

FM: Música clásica, jazz tradicional, jazz moderno y de todo un poco.

JenD: Para ti, ¿ cuál es el balance entre la música, el intelecto y el alma?

FM: Bueno, eso debe ser como la Santísima Trinidad: Padre, Hijo y Espíritu Santo. Todas con igual importancia, con un papel determinado en el momento determinado.

JenD: Tocas, arreglas, compones, enseñas; ¿qué significa cada cosa para ti?

FM: Todo es música, todo lo disfruto, todo me da una gran satisfacción. Por ejemplo, enseñar es maravilloso, te da muchos amigos.

JenD: Estas actualmente como profesor en la Escuela de Música Contemporánea de la UNPHU. ¿Cómo ves el talento que está surgiendo y preparándose para el futuro?

FM: Este es un país musical, con muchos talentos. Vamos muy bien y estamos haciendo un gran aporte que, en unos años, cambiará la escena musical de nuestro país. Ya no serán un puño de músico solamente, tendremos una cultura y preparación musical avanzada y nuestra música será mejor.

JenD: "Hijo de gato caza ratón" dice el refrán. Tú hijo te ha seguido los pasos en la música; ¿qué nos puedes decir sobre él y su generación? ¿Qué significa para ti?

FM: Es un gran orgullo, como dices, el talento es inmenso en esta generación y hay muchísimas más oportunidades y recursos para los muchachos.

JenD: Si pudieras cambiar algo en el mundo de la música, ¿qué sería?

FM: Pues haría algo con la música urbana. Es tan tóxica. Pero realmente no sé qué.

Opiniones.

JenD: ¿Cuál es tu opinión sobre el estado actual del jazz en nuestro país?

FM: Para mí, todo lo que es cultura y forma de arte en nuestro país, está en crisis por la falta de apoyo y la falta de cultura general en el consumidor. Pero estamos un poco mejor. Además, que la pandemia nos hizo un gran daño.

¿Qué opinas de los festivales, de los espacios de jazz en vivo?

FM: Jazz en Dominicana está haciendo un gran trabajo; pero fuera de allí, no hay mucho.

¿Y qué dices de los medios y el jazz (escritos, radiales, digitales, redes sociales)?

FM: En mi opinión, salvo un par de programas, cero apoyo.

JenD: ¿Qué ves como la próxima frontera musical para ti?

FM: Quiero hacer un disco con mis arreglos para big band con una orquesta internacional. Ya veremos cuando será posible …y sí, será posible.

JenD: ¿Qué planes hay para Federico Méndez en el 2022?

FM: Echar para adelante y seguir enseñando.

----- 0 -----

Gracias a Federico por su tiempo. Lo felicitamos por el excelente trabajo que está haciendo como músico y educador - donde todo lo deja, todo lo entrega - para que nosotros podamos disfrutar de las torres de relevo que han de contribuir al futuro musical del país. Antes de "soltarlo" le pedimos que agregara algo más para compartir con nuestros lectores, a lo que respondió:

Apoyen el jazz y la música buena.

En el QR de arriba podrá encontrar la participación de Federico Méndez en la producción discográfica Jazzeando el Cancionero Dominicano, Vol. 1 del grupo Retro Jazz.

José Alberto Ureña

Hace un tiempo el saxofonista Jonatan Piña Duluc presentó el nuevo miembro de su Proyecto Piña Duluc, el pianista José Alberto Ureña. De inmediato quedé fascinado con su manera de tocar el instrumento, su pasión y energía, su aporte al grupo. Al darle seguimiento noté que era miembro de la banda de planta de Los Lunes de Jazz y de su propia agrupación con la cual sacó su primera producción discográfica en 2020.

Es un honor para mí, y para Jazz en Dominicana, entregar de este "conversao" sostenido con José Alberto Ureña, quien nace en Santiago de los Caballeros. Además de pianista y tecladista, es compositor y productor. Inició sus estudios de música en la escuela Hogar de la Armonía. También, estudio música clásica en el Instituto de Cultura y Arte (ICA); ha participado en diversos programas de música impartidos por la universidad Berklee College of Music en los años 2014 y 2015. Ha participado en distintos concursos de música clásica a nivel nacional en los cuales ha obtenido el primer lugar.

Tiene una licenciatura en Psicología General en la Pontificia Universidad Católica Madre y Maestra (PUCMM). En el año 2020 estrenó su primer EP titulado Segundo Viaje, con 6 temas instrumentales que abarcan el jazz fusión, swing y otros estilos.

A continuación, damos inicio a la entrevista.

Jazz en Dominicana (JenD): Iniciamos la entrevista preguntando, ¿quién es José Alberto Ureña según José Alberto Ureña?

José Alberto Ureña (JAR): José Alberto Ureña es un joven pianista de Santiago de los Caballeros, el cual tiene mucho deseo de crecer musicalmente, tanto como intérprete como productor.

JenD: ¿Cómo te inicias en la música…en el piano?

JAR: Mi padre era músico -guitarrista de hobby- y siempre me intrigaba aprender algún instrumento. Comencé con la flauta traversa, pero al poco tiempo cambié al piano y quedé totalmente encantado con este instrumento.

JenD: ¿Quiénes te influenciaron?

JAR: Eldar Djangirov, Kemuel Roig, Gonzalo Rubalcaba, Oscar Peterson, Randy Waldman.

JenD: ¿Cuáles profesores te ayudaron a progresar a los niveles en que hoy te encuentras?

JAR: Los profesores que más aportaron a mi crecimiento musical fueron Karelia Escalante y Cathy Disla Eli. La parte académica mía fue principalmente de música clásica y luego comencé a adentrarme en el jazz.

JenD: ¿Cómo te ha impactado tocar diversos estilos y géneros con diversos grupos?

JAR: Conocer un poco de diferentes géneros musicales aporta a la interpretación como pianista y a la forma de comprender la música. Conocer diversos estilos, me ayuda a poder implementar recursos de un género a otro, lo que me hace dar personalidad a la forma en que toco.

JenD: ¿Cuáles estilos o géneros son los que más te gustan?

JAR: Salsa, timba, jazz.

JenD: ¿Con qué grupos has tocado, y qué han significado para ti?

JAR: Patricia Pereyra, Chichí Peralta, Jonatan Piña, Sandy Gabriel. Estos han significado mucho para mí, porque he podido ver estos grupos cuando era más joven y apreciaba su música.

JenD: ¿Consideras que ya tienes tu estilo... tu sonido?

JAR: Entiendo que tengo un sonido particular, principalmente a la hora de "solear", basado en las influencias musicales que mencioné anteriormente. Como acompañante entiendo que me adapto con facilidad a la agrupación que esté acompañando.

JenD: ¿Cómo ha ido evolucionando tu música?

JAR: En el poco tiempo que tengo en la música siento que he crecido bastante tanto como intérprete como compositor, pues siento que la forma en que interpreto y toco el piano ahora se ha madurado.

JenD: ¿Cómo nace tu propia agrupación?

JAR: Desde hace unos años he tocado en varios grupos como acompañante y siempre había querido tener una agrupación de jazz en la que el piano sea el instrumento principal. Muchas veces tocaba en presentaciones que se daba la oportunidad, pero no había podido ejecutar piezas de mi autoría. Después de haber lanzado mi producción, decidí concretar este deseo. Hace poco pude formar un trío de jazz compuesto por Jason Paulino en la batería y Kendrix Peña en el bajo, con el cual tocamos mis arreglos y piezas de otros grupos.

JenD: ¿Qué ha significado Segundo Viaje para ti?

JAR: Esta producción fue muy importante, porque parte de estos temas los compuse trabajando en un crucero como músico y mi tiempo libre lo tomaba para componer. A pesar de que son composiciones muy elaboradas en términos de producción, las he adaptado al trío de jazz de una manera muy interesante.

JenD: ¿Existe hoy el afrodominican jazz?

JAR: Entiendo que sí existe. Es la unión de patrones musicales de nuestras raíces con elementos del jazz.

JenD: ¿Cuáles álbumes musicales te han influenciado?

JAR: Letter From Home de Pat Metheny), We Get Request de Oscar Peterson, UnReel de Randy Waldman, Breakthrough Eldar Djangirov.

JenD: ¿Qué música escuchas en estos días?

JAR: Issac Delgado, Pat Metheny.

JenD: Para ti, ¿cuál es el balance entre la música, el intelecto y el alma?

JAR: Considero que el alma es el balance entre estos tres elementos. pues al ser esa parte abstracta que, básicamente, nos hace sentir o pensar como persona, podemos interpretar la música.

Opiniones.

JenD: ¿Qué opinas sobre el estado actual del jazz en nuestro país?

JAR: Siento que hay mucho por dar del jazz en el país, mucha juventud adentrada en este género a pesar de que no sea lo más comercial.

JenD: Dime de los festivales, espacios donde se toca jazz en vivo.

JAR: Tanto en Santiago como en Santo Domingo se le da un espacio importante al jazz. Constantemente hay eventos que lo están impulsando hacia diferentes públicos.

JenD: ¿Qué me dices de los os medios y el jazz (escritos, radiales, digitales y sociales)?

JAR: A pesar de que hay espacios, páginas en internet, etc., entiendo que se debe dar más apoyo en los medios para este género, pues la mayoría se enfocan en farándulas y pudiera haber más peso, pues entiendo que el jazz es un género que aporta bastante a otros géneros.

JenD: ¿Qué planes tienes para el 2022?

JAR: Estoy en proceso de desarrollo de un álbum de jazz lo-fi; también, próximamente lanzaré un EP en vivo con el trío de jazz.

JenD: ¿Tienes algo más que quieras compartir con nuestros lectores?

JAR: Quisiera agradecerles por tomar en cuenta mi talento. Es de grato placer saber que disfruten de mis composiciones y mi forma de tocar. Esta entrevista me sigue motivando a continuar creciendo.

Pueden disfrutar de su álbum Segundo Viaje por medio del QR de arriba, el cual lo llevará a escucharlo en Spotify:

Wilfred Reyes

Continuamos dando a conocer la cantera de talentos jóvenes de nuestra la Ciudad Corazón -así llamamos en República Dominicana a Santiago de los Caballeros-. Presentamos el intercambio que sostuvimos con el baterista Wilfredo ¨Wilfred¨ Reyes.

Nació en Santiago de los Caballeros, República Dominicana. Es hijo de padres cantantes, se interesó por la música desde los 15 años de edad, comenzando a tomar clases de batería, con el reconocido Arnaldo Acosta, cuando tenía entre 18 y 20 años. También tomó clases en la Academia Municipal de Música y clases particulares con otros profesores: Pedro Checo y Ezequiel Francisco. Durante su carrera como ha tenido la oportunidad de participar con reconocidos artistas nacionales, tales como Sonido de Gracia, músicos de los Lunes de Jazz, Abby Lama, Samuel González y otros foráneos como Aventura, Braulio y Josh Davis, entre otros.

En el año 2010 nace Wildrums, proyecto donde se crea y fusiona ritmos y sonidos, con instrumentos de percusión y tecnología. Dirigido a todo tipo de eventos, haciendo que su celebración sea memorable, aportando la música perfecta con excelencia. En 2019 tuvo la oportunidad de producir y grabar su primera producción discográfica de jazz y fusion, que tiene por nombre Unknown Location.

A continuación, la entrevista con Wilfred Reyes o Wildrums.

Jazz en Dominicana (JenD): ¿Quién es Wilfred Reyes según Wilfred Reyes?

Wilfred Reyes (WR): Wilfredo es un hijo de Dios, una persona eléctrica, que siempre está haciendo algo, siempre dispuesto, servicial y amoroso, esposo y padre de 3 niños, tiene buen sentido del humor, de carácter firme, amante de los animales; gusta de pasar tiempo en casa, pero también, viajar y conocer otros pueblos y culturas.

JenD: ¿Cómo te inicias en la música y por qué la batería?

WR: Inicié tomando clases de saxofón en el colegio donde estudiaba, pero al avanzar en las clases, se complicó porque necesitaba un saxofón para practicar, porque el que utilizaba era el de Orlando López, el profesor, y mis padres no me podían comprar uno en ese momento. Ahí se presentó la oportunidad de tocar el redoblante en la banda de música del colegio, a la que ingresé meses después. Luego le obsequiaron una batería a la iglesia que asistía y yo me ofrecí a tocarla.

JenD: ¿Quiénes te influenciaron?

WR: Arnaldo Acosta, Pedro Checo, Ezequiel Francisco, Guy Frómeta, Neftali Louis, Vinnie Colaiuta, Steve Gadd, Dave Weckl, entre otros.

JenD: Háblame de tus estudios.

WR: Mis primeras lecciones fueron con Arnaldo Acosta, luego estudié en la Academia Municipal. En seguida, tomé clases con Pedro Checo y Ezequiel Francisco.

JenD: Vienes tocando muchos estilos y géneros con diversos grupos. ¿Cómo te has ayudado?

WR: Entiendo que, como la comida, hay que conseguir un sabor exquisito al mezclar debidamente los sazones y poner todo en su punto. Así en la música, la diversidad de géneros aporta riqueza y un vocabulario para agregar valor.

JenD: ¿Qué estilos y géneros has tocado?

WR: He tenido la oportunidad de participar con reconocidos artistas nacionales e internacionales que se han desempeñado en la fusión, como worship y otros; pop latino, bachata y rock.

JenD: ¿Consideras que ya tienes tu estilo…tú sonido?

WR: Pienso que sí. Cada uno de nosotros tiene una voz y así como la voz humana se va transformando en el proceso del desarrollo, nuestro estilo y sonido va madurando y recibiendo esa madurez que solo se recibe con el tiempo.

JenD: Háblame de Wildrums.

WR: Tras mi deseo de conjugar en una sola palabra lo que me apasiona con mi nombre, surgió la idea de Wildrums (Wil de Wilfredo, drums de tambores, batería), para dar carácter y formalidad a las ideas que estaban llegando para ese momento.

JenD: ¿Cómo te sientes al crear y ser líder de tu propia agrupación? ¿Quiénes la conforman?

WR: Es una tremenda responsabilidad. Ser líder es un enorme privilegio, porque no solo se trata de mandar y dirigir a otros, sino de ser ejemplo. Me acompañan unos jóvenes muy talentosos y preparados: Melvin Rodríguez (Guitarra), Smarlly Belliard (Piano), Josué Peguero (Bajo) y Samuel Hernández (Saxofón).

JenD: En el 2019 lanzaste tu primera producción discográfica, Unknown Location, ¿qué significó para ti?

WR: Ha sido muy emotivo el poder ver plasmado en estos tracks tantos sueños y anhelos, luego de mucho tiempo de estar trabajando y aportando en los sueños de otros. Poder dedicar este tiempo y recursos para materializar algunos de los míos es gratificante y me reta a seguir trabajando y perfeccionándome.

JenD: ¿Por qué el título de Unknown Location?

WR: Se me ocurrió porque al tener ritmos y estilos diferentes en este álbum, no estábamos en una localidad específica, sino que hay diversidad: swing, smooth, funk, entre otros.

JenD: ¿Qué esperas de esta producción?

WR: Pienso que es y será un referente para algunos. Como dice el dicho "lo que se escribe, no se olvida", en la música sería, "lo que se graba, no se olvida", y esperamos que todo el que la escuche, pueda disfrutar de las fusiones y se transporte a las diferentes localidades con los ritmos, colores y frescura que contiene Unknown Location.

JenD: ¿Cuáles temas fueron especiales para ti?

WR: Entre los especiales para mí, en el orden del álbum, están el corte #7, Route, seguido por el #4, Jesus Is All, y el #1, One Way G-Sus.

JenD: ¿Para ti qué es el Afro Dominican jazz? ¿Existe?

WR: Para mí el Afro Dominican Jazz es el resultado de la mezcla de nuestra cultura folklórica y sus influencias con el jazz moderno, y sí existe hoy día, con tremendos exponentes y embajadores de este, tenemos a Proyecto Piña Duluc, Josean Jacobo, entre otros excelentes representantes.

JenD: ¿Cuáles álbumes te han influenciado?

WR: I Can See Your House From Here (John Scofield-Pat Metheny), Ten Summoner's Tales (Sting), Heads Up (Dave Weckl), Jing Chi (Vinnie Colaiuta, Robben Ford, Jimmy Haslip), entre otros.

JenD: ¿Qué música escuchas en estos días?

WR: En la actualidad escucho casi de todo un poco: jazz, afro cuban, afro dominican, rock, pop, clásica, entre otros, con excepción de algunos géneros, cuyo contenido lírico no está acorde a lo que yo creo y practico.

Opiniones.

JenD: ¿Cuál es tu opinión sobre el estado del jazz en la actualidad en nuestro país?

WR: Entiendo que se ha mantenido y ha avanzado con la diversidad de exponentes que tenemos, los cuales han mantenido la esencia de este y cada uno con sus sonidos característicos.

JenD: ¿Qué dices de los festivales y espacios de jazz en vivo?

WR: Gracias al apoyo de Jazz en Dominicana, Lunes de Jazz, Jazz en la Loma, Dominican Republic Jazz Festival, entre otros, contamos con espacios cada semana y con frecuencia en el año, en los cuales podemos compartir esta música con muchas personas amantes de ella, así como nosotros.

JenD: Dime de los medios y el jazz (escritos, radiales, digitales y sociales).

WR: De los medios escritos he recibido el resumen de Barco de Jazz desde hace muchos años, las actualizaciones y entrevistas de Jazz en Dominicana. De los medios radiales, en mi entorno, conozco muy pocos, pero gracias a Dios contamos con los digitales y redes sociales, por los que podemos tener acceso a diario y poder estar al día.

JenD: ¿Qué planes hay para el 2022?

WR: Estamos en el proceso de grabación de lo que sería nuestro segundo álbum. Esperamos publicar el segundo sencillo de este para el mes de diciembre, Dios mediante.

JenD: ¿Qué otra cosa quisieras decir a nuestros lectores?

WR: Agradezco infinitamente a Dios por el regalo de la música y a Jazz en Dominicana por la constancia y apoyo a este género en los diferentes espacios y medios. Gracias a Fernando Rodríguez Mondesert y a todos los amantes de esta música porque ustedes son parte importante para que podamos seguir, ya que nos complementamos, porque el mensaje necesita un receptor, un canal y un emisor. No desmayemos, sigamos adelante creando espacios, haciendo música, apoyando y promoviendo la buena música por un mejor país.

----- 0 -----

Su producción Unknown Location se encuentra, entre otras plataformas digitales, en Spotify. El QR de arriba lo llevará a disfrutar del mismo.

Alexander Vásquez

Hace tiempo que quería conversar con Alexander Vásquez. Siempre he seguido sus pasos y he admirado su trabajo, desde los inicios de Jazz en Dominicana, cuando tocaba el saxofón con el grupo ATRE de Javier Vargas, a través del tiempo con sus presentaciones en Solo Sax, sus andanzas en el Conservatorio Nacional de Música, sus participaciones como solista invitado de la Orquesta Sinfónica Juan Pablo Duarte, el lanzamiento del libro y CD *"Merengues Tradicionales Para Saxofón Alto"*, las incursiones de su Alexander Vásquez y Hexatonale Jazz Group en los lanzamientos de varios sencillos, su concierto en Monte Plata el mes pasado y el concierto que servirá para lanzar su primera producción discográfica el mes que viene en casa de Teatro.

Lo logramos, nos reunimos, yo preguntando y el contestando.

Saxofonista, educador, director musical, arreglista, compositor, productor musical y escritor oriundo de Monte Plata. Inició sus estudios musicales con el profesor Agustín de Jesús en el Liceo Madre Ascensión Nicol en Monte Plata, luego en el Conservatorio Nacional de Música donde desarrollo sus conocimientos del saxofón con los profesores Crispín Fernández y Remy Vargas. En 2012 se graduó en el Conservatorio Nacional de Música como Profesor de Música Folclórica y Popular Mención Saxofón. En el 2010 realizó un Diplomado en Armonía, Composición y Arreglos en la UNPHU con el maestro BM. Corey Allen. En 2009 se gradúa Cum Laude en la Universidad Apec, obteniendo el título de Licenciado en Mercadotecnia.

Fue profesor fundador de la escuela de saxofón de Bellas Artes en la Escuela Elemental de Música Elila Mena de Santo Domingo, donde permaneció por 3 años. En el 2012 fue invitado como solista junto a la Orquesta Sinfónica Juan Pablo Duarte interpretando el concierto para saxofón y orquesta de Bienvenido Bustamante en la XI Temporada Sinfónica "Manuel Simó" y para el concierto de Gala del 70 Aniversario del Conservatorio Nacional De Música, bajo la dirección del maestro Dante Cucurullo. Fue el solista invitado por el Ministerio de Cultura para el concierto de apertura del año escolar 2012 de las escuelas de Bellas Artes en el Auditorio Enriquillo Sánchez. En agosto del 2018 debutó en el Teatro Nacional como solista invitado junto a la Orquesta Sinfónica Nacional en el concierto patrocinado por la Refinería Dominicana, Clásicos Dominicanos de Siglo XX, bajo la dirección del maestro Dante Cucurullo. Debutó como solista internacional en febrero de 2019 en el teatro Aaron Davis Hall en la ciudad de New York en el concierto de Música Sinfónica Dominicana junto a la Orquesta Sinfónica del ADCA dirigida por el maestro Dante Cucurullo.

Es autor del libro y CD Merengues Tradicionales Para Saxofón Alto, primer libro en formato Libro y CD para el aprendizaje de los merengues tradicionales dominicanos para el saxofón y diversos instrumentos. También es creador del evento Monte Plata de Jazz 2022, en donde participan grupos musicales formado por jóvenes talentos y de igual formas grupos profesionales invitados, convirtiéndose en uno de los eventos musicales de mayor impacto en la comunidad y el primero de este género en Monte Plata. Actualmente cursa la maestría en Educación Artística y Gestión Cultural de la Universidad APEC en Santo Domingo.

Con estas líneas biográficas entramos de lleno en el resultado de nuestro encuentro.

Jazz en Dominicana (JenD): ¿Quién es Alexander Vásquez según Alexander Vásquez?

Alexander Vásquez (AV): Alexander Vásquez en un joven apasionado por la música y el saxofón. Me encanta la creatividad, desarrollar proyectos, compartir lo aprendido con los demás, impulsar los sueños de las personas…de los jóvenes artistas. Disfruto mucho la vida familiar y compartir con personas que disfrutan cada segundo de la vida.

JenD: ¿Cómo te inicias en la música? ¿Por qué el saxofón?

AV: Inicié mis estudios musicales en la Escuela Parroquial Padre Arturo en Monte Plata en donde aún funciona la banda escolar, de la cual, hoy día, soy director. Me apasionó el saxofón, su sonido y la influencia de mi primer maestro llamado Agustín De Jesús, quien tocaba él mismo en las presentaciones de la banda escolar. Hasta ese momento ningún alumno del programa escolar había tomado la decisión de tocar el saxofón, verdaderamente quedé conectado y apasionado con el mismo hasta el día de hoy.

JenD: ¿Quiénes te influenciaron?

AV: Primero Agustín de Jesús, luego otro gran saxofonista de mi comunidad llamado Gabriel Parra. Más adelante conocer al maestro Crispín Fernández y tener el privilegio de compartir y estudiar varios años con él durante mi formación, ha sido una de las experiencias más maravillosas, sin lugar a duda una gran influencia para mí. A través de los años fui descubriendo maravillosos saxofonistas e intérpretes de otros instrumentos que me marcarían con sus maravillosos discursos de improvisación y estilos, como son: Paul Desmond, Sonny Stitt, Charlie Parker, Ed Calle, Grover Washington Jr., Michael Lington, Kim Waters, Paquito De Rivera, Miles Davis, Dave Koz y Kirk Whalum, entre otros.

JenD: Tocas varios instrumentos, ¿cuál te gusta más?

AV: Para el campo de la producción y arreglo he adquirido conocimientos de piano elemental en el Conservatorio Nacional de Música. De igual forma en el campo pedagógico de primera enseñanza puedo compartir instrucciones de piano y otros instrumentos como flauta transversa. En el campo profesional, solo me considero saxofonista.

JenD: Vienes tocando muchos estilos y géneros con diversos grupos. ¿Cómo te ha ayudando?

AV: Ciertamente he sido privilegiado de conocer diferentes estilos musicales. Durante mis inicios pude conocer un poco de la música típica y el merengue.

Considero que mi experiencia en el jazz tradicional inicia en el Conservatorio Nacional De Música, gracias a la influencia del maestro Crispín Fernández con quien trabaja de forma individual el estilo y junto a la Big Band del Conservatorio que él dirigía en ese momento. Luego ingresa al Departamento de Música Popular una persona que lo revolucionaría, el maestro Javier Vargas, de quien no tengo palabras para agradecer todo el conocimiento, motivación, tiempo y oportunidad que nos brindó a una extensa generación de jóvenes artistas. Junto al grupo ATRE de Javier Vargas se dio una de mis primeras y más enriquecedoras experiencias en un estilo más contemporáneo, funk, fusión, interpretando composiciones de Pat Metheny, Michael Brecker, entre otras composiciones de la autoría del maestro Vargas. Más allá de abordar estos estilos, cabe destacar que mi preparación musical para los arreglos y la armonía se la debo a la labor de los maestros Javier Vargas y Antonio Brito, maestros incansables y verdaderamente entregado de quienes siempre estaré eternamente agradecido.

En el campo de la música sinfónica, mi primera experiencia de igual forma se produce en el Conservatorio Nacional de Música, gracias a la visión de dos maravillosos maestros, Dante Cucurullo y la prof. María Irene Blanco, quienes me dieron la oportunidad de interpretar el Concierto de Bustamante para Saxofón y

Orquesta en diversas ocasiones, entre ellas el Concierto de Gala del 70 Aniversario del Conservatorio Nacional de Música. Luego, gracias al Maestro Dante Cucurullo, recibí la oportunidad de interpretar este concierto junto a la Sinfónica Nacional Dominicana durante el concierto de Clásicos Dominicanos del Siglo XX, patrocinado por la Refinería Dominicana. Otra experiencia inolvidable, fue mi debut como solista internacional, gracias al maestro Dante Cucurullo y la invitación por parte de la Asociación de Músicos Clásicos Dominicanos en New York para interpretar este concierto junto a la Orquesta Sinfónica Del ADCA en el auditorio Aaron Davis Hall, Manhattan, como solista invitado, interpretando el Concierto de Bustamante para Saxofón y Orquesta.

Una grata experiencia fue pertenecer a la orquesta del piano bar del Club Deportivo Naco por más de 11 años, en este periodo puedo considerar que se produjo mi mayor experiencia para poner el aprendizaje de diversos géneros, desarrollar la improvisación en el merengue y otros estilos. El entorno y el público de este club favorece mucho en el desarrollo de un amplio y exquisito repertorio dominicano e internacional. De igual forma debo destacar la influencia de los maravillosos compañeros músicos de esta agrupación, quienes siempre abrieron sus conocimientos y experiencias motivándome a escuchar e interpretar otros estilos internacionales como bossa nova, swing, blues, etc. Sin lugar a duda el entorno de trabajo fue de mucho crecimiento.

JenD: ¿Con qué grupos has tocado, y en qué estilo o género?

AV: En cuanto agrupaciones de jazz y fusión: el Grupo ATRE dirigido por Javier Vargas, la Big Band del Conservatorio Nacional de Música, y Hexatonale Jazz Group

En el campo sinfónico: La orquesta Juan Pablo Duarte del Conservatorio Nacional de Música (como saxofonistas en ocasiones y solista invitado), la Orquesta Sinfónica Nacional (como solista invitado), y la Orquesta Sinfónica del ADCA en New York (como solista invitado). En la música popular, con la orquesta Azucarado, Darlyn y los Herederos, Fernando Echavarría y la familia André, el Grupo Staff y Pakolé, entre otros.

JenD: ¿Consideras que ya tienes tu estilo, un sonido?

AV: Ciertamente se queda marcado un estilo a través de las grabaciones y considero que uno mismo se descubre en este proceso. Siempre que realizo una interpretación, tanto en el campo sinfónico o en el popular, me agrada escuchar mucho el feedback de las personas sobre lo que consideran de mi estilo. Estoy convencido de que tengo un discurso propio y una personalidad que influye mucho en mi estilo de tocar, en especial en el campo del merengue. Cuando se reciben las palabras "eso nunca se había hecho", da mucha satisfacción, pero más aún, lo que conscientemente he creado escuchando mi interior.

JenD: ¿Cómo entiendes que ha ido evolucionando tu música?

AV: A través de los años de estudios y aprendizaje se van incorporando nuevos elementos armónicos, de discurso y formas estructurales. Sin lugar a duda, siempre he considerado que la preparación y la disciplina hará la diferencia al final del camino. Los aprendizajes en el Conservatorio Nacional de Música me han permitido abrir muchas posibilidades en los arreglos; pero también, ayuda mucho la búsqueda de información por diferentes vías, esa buena comunicación y asesorías con aquellas personas que tienen la experiencia. Creo que esta combinación es la que me ha permitido un desarrollo en el campo de la composición y arreglo musical, así como instrumentista.

A lo largo de mi carrera, he podido observar una evolución en diferentes ámbitos de la interpretación. Por ejemplo, al escuchar los solos que he desarrollado en las diversas oportunidades en que he tocado el Concierto de Bustamante; en principio solían estar basados en pasajes diatónicos y arpegios, en lo adelante fui realizando un discurso que integra aproximaciones cromáticas y alteraciones no propias de la tonalidad.

----- 0 -----

Hasta aquí llegamos con la primera parte de esta entrevista. En la próxima hablaremos sobre Alexander Vásquez y Hexatonale Jazz Group, su primera producción discográfica Mi Bella Quisqueya, varias opiniones y planes para lo que resta en 2022.

Continuamos con la segunda parte de esta interesante conversación con el saxofonista, compositor y educador Alexander Vásquez.

Antes de dar inicio a la segunda parte de la entrevista quiero compartir un poco sobre el Hexatonale Jazz Group. Es una agrupación formada en 2010 por jóvenes estudiantes del Conservatorio Nacional de Música, apasionados por el jazz y liderados por Alexander, quien toca los saxofones (alto, tenor y soprano) y dirige. Lo acompañan Santo Aroel (guitarra), José De León Vásquez (trompeta y flugle horn), Samuel Atizol (piano), Juan Luis Gómez Espinal (bajo) y Edward Estévez (batería). Su primer sencillo como banda fue lanzado en año 2017, el tema Lira Park, de la autoría del pianista Edgar Castillo. El segundo sencillo, lanzado como banda, fue el tema El Conde Street Jam de la autoría de Vásquez. Otra de las composiciones originales de Alexander es She □ s Back , la cual será acompañada de otros temas para formar parte del primer álbum de la banda. Entre los arreglos realizados y publicados que forman parte del repertorio de la banda se encuentra la versión funk de Amor Narcótico (Chichí Peralta) y la versión Big Band del clásico navideño Jingle Bells.

Seguimos con nuestra entrevista.

Jazz en Dominicana (JenD): ¿Cuándo, cómo y porqué nace Hexatonale Jazz Group?

Alexander Vásquez (AV): Nace en el Conservatorio Nacional de Música. Somos una generación de amigos apasionados por la música y el jazz. Los primeros conciertos que realizamos fueron alrededor de 2008 en la fiesta de la música organizada por la Embajada de Francia, luego fuimos invitados con cierta frecuencia por el Ministerio de Turismo a la actividad llamada Santo Domingo de Fiesta. Desde mis inicios en el Conservatorio Nacional de Música siempre soñé con desarrollar composiciones propias y una agrupación. Es un gran privilegio compartir este proyecto con extraordinarios músicos.

JenD: ¿Cómo te sientes al crear tu propia agrupación?

AV: Es un privilegio contar con amigos y músicos extraordinarios en un proyecto musical como este. Me llena de felicidad todo lo que está ocurriendo. Es un concepto que veníamos materializando durante años. La agrupación está integrada por 6 músicos, de ahí su nombre original Hexatonale.

JenD: El 7 de octubre del 2020 en medio de la pandemia lanzaron el tema El Conde Street Jam. Esta composición seguía a la ya lanzada Lira Park. ¿Qué significó esto para ti y el grupo?

AV: Estos lanzamientos fueron el motor para mantener la chispa viva de lo que es nuestro nuevo álbum, Mi Bella Quisqueya, manteniéndonos enfocados en realizar composiciones auténticas que puedan quedar como parte de un patrimonio intangible para nuestro país. Estos nos abrieron puertas en diversos escenarios lo cual nos permitió mantenernos activos. De igual forma, a través del lanzamiento de El Conde Street Jam se redujo la distancia a la cual nos enfrentamos durante la pandemia. En resumen, estos significaron mucho, ya que nos permitieron mantenernos enfocados y avanzando en la creación del álbum.

JenD: Próximamente estarán haciendo entrega de la composición Tierra Olímpica, seguido del lanzamiento de la primera producción discográfica del grupo, Mi Bella Quisqueya. Cuéntanos sobre el álbum, el por qué del mismo, el o los estilos utilizados.

AV: Uno de los objetivos de presentar en sencillos parte de los temas que integran este álbum es resaltar las bellezas y potencialidades de diversas localidades de nuestro país. En el caso de Tierra Olímpica, significa mucho, ya que es el tema dedicado a mi tierra natal Monte Plata y la zona de Bayaguana. Estas comunidades conforman el diámetro territorial mas pequeño en el mundo con la mayor cantidad de campeones olímpicos, en especial la zona comunidad de Bayaguana. De este hecho, parte la dedicatoria de este tema en honor a todos los atletas y entrenadores olímpicos, héroes y ejemplos a seguir para muchos jóvenes de estas comunidades.

En ese mismo orden, continúan los demás temas dedicados a las diversas zonas. Este álbum recoge diversos estilos, como funk, swing, smooth jazz, reggae, entre otros, pero con la peculiaridad de que todas las composiciones son dominicanas y en su mayoría dedicadas a lugares de nuestro país.

JenD: ¿Cuáles temas fueron especiales para ti?

AV: Es una pregunta difícil. Tal vez, el hecho de que todos poseen un sentido especial y son diferentes hace difícil la respuesta. Pero te puedo confesar que disfruto mucho escuchar el resultado de Tierra Olímpica, Sabana de la Mar, Mambo Smooth y El Conde Street Jam, creo que a partir de estos los conceptos de la producción se fueron ampliando a campos del arreglo más arriesgados y que logramos con éxito. En lo personal, siento mucha satisfacción por estas composiciones.

JenD: ¿Para ti, qué es el Afro Dominican jazz? ¿Existe el Afro Dominican Jazz?

AV: Considero que son todas aquellas propuestas que relaciona los elementos del folclore dominicano procedente, en gran proporción de la cultura africana, con elementos del jazz. Si existe el Afro Dominican Jazz. Muchas propuestas musicales de nuestro país lo evidencian como Josean Jacobo & Tumbao, Proyecto Piña Duluc, Hedrich Báez & La Juntiña, entre otros.

JenD: ¿Qué opinas sobre el estado del jazz en la actualidad en nuestro país?

AV: Considero que tiene un gran futuro y va crecimiento, tomando en cuenta dos factores importantes: la nueva generación de músicos y los escenarios. En los últimos años, muchos jóvenes han decidido prepararse y estudiar formalmente tanto dentro como fuera del país. Desde mi punto de vista, esta formación en la nueva generación dará sus frutos y se va a evidenciar en los próximos años. Por otro lado, está la creciente demanda de buena música en contraposición a lo que tradicionalmente se escucha en la mayoría de los espacios públicos. Creo que este público que anhela la buena música va a apoyar los proyectos emergentes con buenas propuestas musicales.

En otro orden, podemos observar que los espacios para la difusión de este género continúan en aumento. Hoy día, a través de Jazz en Dominicana se puede dar un seguimiento a las diversas propuestas del género y lugares donde se presentan. Se han sumado diversas plazas y establecimientos con días fijos o temporadas, lo cual garantiza de alguna forma la difusión de este género.

JenD: ¿Qué opinas de los festivales y espacios de jazz en vivo?

AV: En cuanto a los festivales de jazz observo una creciente cantidad de espacios en diversas partes del país. Estos eventos son un espacio de relajación y disfrute para las comunidades, y resultan de motivación e incentivo para las propuestas musicales. De igual forma la participación de grupos internacionales, de alguna forma nos motiva a compartir una visión más amplia de la diversidad cultural, motivándonos a llevar a nuestra identidad en estos festivales y convirtiéndonos en embajadores de lo nuestro.

JenD: ¿Qué dices de los medios y el jazz (escritos, radiales, digitales y sociales)?

AV: Ciertamente debo destacar el gran impacto de Jazz en Dominicana. Este medio ha sido una de las ventanas más importantes para observar todo lo relacionado al jazz en nuestro país. En cuanto a la difusión, considero que siempre ha sido algo selecta por la naturaleza del mercado y blanco de público de este estilo. No obstante, las emisoras o programas radiales que generacionalmente promueven este género continúan realizando un extraordinario trabajo, siguiendo de cerca las propuesta y eventos relacionados.

JenD: El 20 de agosto pusiste a tu pueblo a disfrutar del género con el concierto Monte Plata de Jazz. ¿Qué puedes contarnos sobre el mismo y la experiencia vivida?

AV: Fue una experiencia fascinante. El gran apoyo por parte de la comunidad evidencia que la buena música siempre tendrá un espacio. Monte Plata de Jazz es el inicio de un gran sueño de incentivar a la juventud de nuestro pueblo a la pasión por la buena música y el jazz. De igual forma crear un espacio de disfrute para la comunidad de Monte Plata con un evento abierto al público. La retroalimentación del sucedido ha sido grandiosa a través de los medios locales y esto nos motiva a continuar realizando este y otros eventos en orden a llevar alegría y buena música a nuestra comunidad.

JenD: ¿Qué planes hay para lo que queda del 2022?

AV: Luego del lanzamiento de este álbum, continuaremos con diversos conciertos en orden al lanzamiento de éste. De igual forma iniciamos un programa de visita a los medios de comunicación para promocionar el álbum y dar a conocer a Hexatonale Jazz Group como nueva propuesta musical. El objetivo es acercarnos a un público más amplio con la finalidad de dar a conocer nuestra propuesta. Por otro lado, empezaremos a trabajar en nuestro segundo álbum.

JenD: ¿Algo más que quisieras compartir con nuestros lectores?

AV: Les invitamos a escuchar este nuevo álbum y les invitamos a seguirnos en las redes sociales con la finalidad de conocer nuestros próximos conciertos y novedades. Nos pueden encontrar en Instagram como @Hexatonlejazz.

El QR de arriba lo llevará a disfrutar de "*Mi Bella Quisqueya, Vol. 1*" en Spotify, producción discográfica lanzada en este 2022 por de Alexander Vásquez y Hexatonale Jazz Group

Carlito Estrada

Lo conozco desde hace mucho tiempo, desde los inicios de Jazz en Dominicana. Es considerado uno de los mejores intérpretes del saxofón alto en el país, con un estilo limpio y a la vez lleno de energía, de una electricidad que recuerda a un joven Tavito Vásquez o a Charlie Parker. Siempre me llamó la atención su inagotable imaginación a la hora de improvisar. Una vez, para impresionarnos con su respiración cíclica, tocó una nota y la mantuvo por más de 11 minutos, y de una vez entró el cuarteto y juntos siguieron, como si nada, la versión de Europa que estaban tocando.

Carlos José Estrada Sánchez, Carlito Estrada, es un saxofonista y multi instrumentista oriundo de San Felipe, Puerto Plata. Es autodidacta, con un impresionante manejo de sus instrumentos y de la variedad de lenguajes que puede transmitir.

Puedo decir que un sobreviviente, una persona muy entregada al nuevo camino que escogió y le salvó. Hasta aquí llego en esa parte, para no dañar el excelente "conversao" que sostuvimos.

Inició en la música a la edad de 13 años con estudios básicos de solfeo con el profesor Ernesto Capellán, en ese entonces profesor y director musical de la Banda Municipal de Puerto Plata. Se introdujo en el jazz con grupos hoteleros de la Costa Norte, tales como Holiday Inn, Jack Tar Village, Heavens, AMHSA Marina, el Hotel Ganservoort en Sosúa y en Santo Domingo en los Embassy Garden, Marriott, Intercontinental, Jaragua, Dominican Fiesta, Hotel Boutique De Luca, entre otros. De esta manera, pudo vincular el estudio del instrumento con el trabajo en vivo, creando un lenguaje y mezcla entre los elementos del jazz y la música vernácula dominicana.

Movido por la inquietud musical se trasladó a Santiago y formó parte del grupo Sistema Temperado dirigido por Rafelito Mirabal y el grupo Aravá de El Bule Luna. Luego llegó a Santo Domingo donde forma parte del Guarionex Aquino Quinteto, el grupo Materia Prima y las agrupaciones de Jordi Masalles. También tocó con Jorge Taveras, Manuel Tejada y Gustavo Rodriguez, entre otros.

Ha participado en varios festivales importantes de Europa con la banda de Xiomara Fortuna y Kaliumbe en París, Bélgica, Suiza, Holanda, España, Centroamérica y el Caribe. Como solista ha participado en importantes eventos y clubes de jazz en New York, tales como 55 Bar, The Village, y News Room Jazz Club, entre otros. En el país ha participado en el Dominican Republic Jazz Festival, Heineken Jazz Festival, Festival Internacional de Jazz de Casa de Teatro, Arte Vivo, Sajoma Jazz Festival. También ha tocado en El PAP Jazz Festival en Haití.

En varias ocasiones ha sido saxofonista solista invitado de la Orquesta Sinfónica Nacional. En 2019 participó en una importante gira por Beijing, China formando parte del DominiTrío junto al reconocido percusionista David Almengod y el pianista Rafelito Mirabal, invitados por el Ministerio de Cultura, y la Embajada Dominicana en China. Actualmente es líder de su propio grupo de jazz, Carlos Estrada Jazz Group.

Ahora sí, aquí van las respuestas de Carlito, a las preguntas que le formulamos. Las mismas sin ser editadas, respondidas desde su corazón y alma; dándolo todo, de la misma manera que hace en una tarima. Empezamos:

Jazz en Dominicana (JenD): ¿Quién es Carlito Estrada según Carlito Estrada?

Carlito Estrada (CE): Carlito es un ser amoroso y bendecido, amigo fiel y leal. Dedicado a la música en un 100%. Es un hombre noble, creativo y estudioso; es hogareño y trabajador, que ha traspasado los más oscuros laberintos del infierno y el abismo, víctima de los horrores de la adición al consumo desenfrenado de drogas y que, solo por hoy, puede decir con orgullo que gracias a Dios encontró un maravilloso programa de recuperación que le ha devuelto la vida y las ganas de vivir y seguir adelante con el maravilloso propósito de hacer realidad mi más apreciado sueño: la música.

Soy uno en un millón, soy un milagro de Dios y a boca llena puedo decir "querer es poder".

JenD: ¿Dónde naciste y creciste?

CE: Nací y crecí en Puerto Plata.

JenD: ¿Cómo te inicias en la música?

CE: De pequeño escuchaba a mi hermano tocar el saxo y me encantó mucho lo que hacía cada vez que practicaba en la casa.

JenD: ¿Cómo te interesas por el saxofón?

CE: Como ya dije en la pregunta anterior, por mi hermano y también al escuchar por primera vez a Grover Washington Jr., Spyro Gyra, Paquito D´Rivera, Kenny G, Gato Barbieri, la banda de Chuck Mangione, entre otros.

JenD: ¿Quiénes te influenciaron?

CE: Grover Washington Jr. es el primero, y a partir de este mientras escuchaba otros saxofonistas me iba identificando con todos hasta conocer al maestro Tavito Vásquez. Pero siempre primaba la influencia directa de mi hermano Marino Estrada (cariñosamente El Alemán de la Música Típica).

JenD: ¿Quiénes o cuáles profesores te ayudaron a progresar? Háblanos de tus estudios.

CE: No tuve profesor directamente, aprendí influenciado por la música que escuchaba y me identificaba. Pero sí encontré, en mis inicios, apoyo de mi hermano y de

Guarionex Merete (saxofonista), a quien una vez, en los años 90, lo visité en su casa en la capital y me dio unas sugerencias que me sirvieron para mejorar mi sonido y calidad de interpretación. También me dio unos métodos de estudios. Lo demás, lo he aprendido en el patio de mi casa, puedo decir con orgullo que soy autodidacta y lo que he aprendido, lo aprendí escuchando otros saxofonistas que estaban a la vanguardia en ese entonces y los estudiaba tal y como sonaban.

JenD: Has hecho carrera en diversos géneros musicales, ¿cómo lo logras? ¿Hay preferencia por uno más que otro?

CE: Me gusta experimentar todo lo que es música. Mi preferida es la fusión jazz folclórico.

JenD: ¿Cómo ha ido evolucionando tu música?

CE: En el aspecto interpretativo he evolucionado mucho, pero en lo personal, aún no he grabado mi propia producción y esto no es evolución. Pero ya me pongo las pilas en eso y haré llegar mi propio concepto e ideología de lo que siento y escucho dentro de mí a través del ritmo y los sonidos de mi saxo.

JenD: ¿Practicas mucho? ¿Qué rutinas utilizas y recomiendas para mejorar habilidades musicales?

CE: Le dedico por lo menos una hora diaria al estudio técnico. Por lo demás, recomiendo rutinas diarias de ejercicios en todas las regiones y registros del saxo. Escuchar buenos saxofonistas es vital para educar el oído.

Conocer los sonidos y estilos del saxofón en todas sus manifestaciones.

JenD: ¿Cuáles, han sido los álbumes que te han influenciado?

CE: Winelight de Grover Washington Jr.; 80/81 de Pat Metheny; Getz/Gilberto de Stan Getz y Joao Gilberto con Antonio Carlos Jobim; Spyro Gyra del grupo Spyro Gyra; The Caribbean Jazz Project por el grupo Caribbean Jazz Project donde tocaba Paquito D´Rivera; Anouar Brahem (toda su música).

JenD: ¿Qué música escuchas en estos días?

CE: Toda la música de todos los continentes, habida y por haber, para mí es bienvenida, ya que cada una trae consigo sus elementos músico-folclóricos y culturales - con excepción del reguetón y la música heavy metal, una incita a la violencia y al consumo de drogas y la otra al satanismo y rituales diabólicos. No me agrada nada de eso.

JenD: Nombra algunos de los grupos con los que has tocado, sus estilos o géneros, y que fueron estos para ti? (Entre estos: Rafelito Mirabal y Sistema Temperado, Aravá del Bule Luna, Guarionex Aquino Quinteto, Materia Prima, Jordi Masalles Quartet y las agrupaciones de Jorge Taveras, Manuel Tejada, y Gustavo Rodriguez, entre otros).

CE: Hay que adicionar a Xiomara fortuna (fusion); Anthony Santos (popular); Anthony Jefferson (jazz); Rafelito Román (típico); Frank Reyes (popular), etc., etc.

¡Para mí, todos representan una etapa y una gran experiencia vivida!

JenD: Has liderado varios proyectos propios. Háblanos de éstos: liderar tu propio proyecto. Carlito Estrada Quartet y Quintet, Los Herederos de Jan, Bebop RIpiao.

CE: Cada proyecto es una experiencia vivida, pero hasta que no materialice mi propio concepto en un álbum, grabado y editado en un estudio de grabación no he hecho nada, ya me voy a poner la pila en eso muy pronto.

JenD: ¿Para ti, cuál es el balance entre la música, el intelecto y el alma?

CE: Para mí, lo más importante es el alma, si no se siente desde el alma lo que se estás haciendo, no se proyecta lo que se estás tocando.

JenD: ¿Cuál consideras es tu enfoque principal?

CE: En verdad me he enfocado más en el performance. Tocar en vivo y expresar mi propio estilo es mi plato fuerte.

JenD: ¿Si pudieras cambiar algo en el mundo de la música, qué sería?

CE: No me proyecto en eso de cambiar ninguna música. Más bien, si pudiera, me gustaría eliminar de cualquier sistema, la música que proyecta aberración, drogas, crimen y malas influencias. Ya que sabemos que la música tiene poder y a través de la música le están enviando a la sociedad un mensaje oculto encarrilando a la más baja decadencia moral, mental y espiritual.

JenD: ¿Cuál es tu opinión sobre el estado del jazz en la actualidad en nuestro país?

CE: En mi opinión, está creciendo y de mi parte agradezco mucho que personas como Fernando Rodríguez de Mondesert, Freddy Ginebra, César Payamps, Eduardo Fortuna, endee muchos otros, mantienen viva la difusión y actividad del jazz en todo el país, en beneficio de los amantes y seguidores de tan extraordinario género musical.

JenD: ¿Qué opinas de los festivales y espacios de jazz en vivo?

CE: Festivales hay, espacios muy pocos.

JenD: ¿Qué viene en el resto del 2022 para Carlito y sus proyectos?

CE: Irme a Nueva York y allá concretizar mi proyecto de grabar mi propia música, mi producción musical.

JenD: ¿Qué quisieras adicionar y compartir con nuestros lectores?

CE: Agradecerte el honor y el privilegio de permitirme llegar a todos tus fieles seguidores amantes del jazz en Dominicana.

----- 0 -----

Quiero dar las gracias a Carlito por su tiempo, por su querer decir lo que no se atrevía a decir en público. Sin duda, él es uno de los más talentosos, queridos y carismáticos saxofonistas de nuestro país, un especial ser humano que se siente muy cómodo tocando sus instrumentos, ya sea en el jazz como en un buen merengue ripiao.

El QR de arriba los llevará a disfrutar de la presentación, en vivo, del grupo de Carlito Estrada en la versión 2021 del Festival Internacional de Jazz de Santo Domingo en Casa de Teatro

Carlos Mota

1 de 2

Tiempo atrás, mientras preparaba la programación de presentaciones del mes de febrero 2017 del conocido espacio de música en vivo, Fiesta Sunset jazz, Jordi Masalles me comentó que quería hacer su próxima presentación con un percusionista/ vibrafonista dominicano, radicado en la Florida, de nombre Carlos Mota, siendo él el titular. Así comencé a tener unos intercambios con Carlos, para dejar preparada la presentación del Carlos Mota Vibe Jazz Quartet.

Ahí comenzó una amistad que, aunque lleva poco tiempo, parece de muchos años. A esa presentación le seguiría en el 2019 el Carlos Mota Jazz Quintet, con el acompañamiento del saxofonista norteamericano Ben Sparrow; y Jordi, Tiempo Libre & Carlos Mota.

Quise incluir a Carlos para la Jazz en Dominicana: Serie Entrevistas 2022, así que varias llamadas lograron su cometido. Las preguntas y respuestas fluían, el tiempo volaba, el encuentro fue de primerísima con este excelente ser humano, músico entregado y con una desmedida entrega hacia los demás.

Antes de empezar con la entrevista, conozcamos un poco a Carlos Mota. Él nace en Santo Domingo. En los años 80 se traslada a Nueva York y se une a la escena musical latina. A principios de los 90 se mudó al sur de Florida, uniéndose a la escena de vanguardia y fusion como un versado intérprete de percusión latina y mundial. En 2002 recibió y estudió becado en el Programa de Jazz de Palm Beach State College bajo David Gibble, se gradúa en 2005 y en el 2008 pasa al Programa de Estudios de Jazz de la Florida Atlantic University (dirigido por el Dr. Tim Walters).

Carlos ha actuado con luminarias como Steve Turre, Dr. Lonnie Smith, Slide Hampton, Karl Berger, Néstor Torres, Banda Brothers, Ed Calle, Jimmy Heath, David Liebman, Kiki Sánchez, Andy Gonzales y Jonathan Laurence, para nombrar algunos. Toca muy frecuente en espacios y conciertos de Latin y Straightahead Jazz en el área de West Palm Beach Latin Jazz.

A continuación, la primera parte de nuestra entrevista:

Jazz en Dominicana (JenD): ¿Quién es Carlos Mota según Carlos Mota?

Carlos Mota (CM): Soy músico percusionista, vibrafonista, educador, amigo, hermano y, sobre todo, eso soy papá de Aarón.

JenD: ¿Dónde naciste y creciste?

CM: Nací en Santo Domingo, específicamente en mi querido barrio de Villa Consuelo (Villacon para los nativos). Allí crecí también en una época totalmente diferente, la época de los ochentas, cuando fui Teenager.

JenD: ¿Cómo te inicias en la música? ¿qué fue lo que te interesó en la música?

CM: Eso es de risa. Mi amigo Julio se pasaba tiempo tocando su tambora hecha con latas (recipientes) de metal. No recuerdo si yo tenía 8 o 9 años de edad, el caso fue que le pedí que me enseñara lo que él estaba haciendo, que era el ritmo tradicional de la tambora en el merengue. Lo recuerdo de manera viva, él tocó el ritmo, me paso la tambora y yo lo repetí de inmediato, lo que me dio tremenda alegría, sobre todo porque él quedó sorprendido de que lo hiciera tan rápido.

Ese momento fue crucial y muy significativo. En ese tiempo, la película de la Fania All Stars, Our Latin Thing, todavía estaba en algunas salas de cine en la ciudad y algunos segmentos de la película eran presentados frecuentemente en la televisión, en particular la introducción y, claro, eso me motivó a decirle a Julio, "tenemos que hacer una banda", y fue lo que hicimos. Primero tuvimos que construir más instrumentos y reclutar más miembros. Comenzamos a hablar de canciones de las que estaban en la radio local, claro todo era percusión sin instrumentos melódicos. Terminé siendo el cantante, también escribimos nuestros propios temas, el primero fue un merengue al que llamamos Pantalonsillos Curtíos.

Nuestro primer concierto fue en la calle Ana Valverde y duró aproximadamente 5 minutos, pues fue durante la hora de las telenovelas y nos echaron, pero nos recomendaron que lo hiciéramos en el vertedero público de Mono mojao o mucho más lejos. Eso hicimos.

Lo que me interesó fue la pura diversión, más el hecho de que nos dimos cuenta que nosotros escuchamos música con oídos diferentes al resto de nuestros amigos; también, mi infatuación con Ray Barreto y mis deseos de ser integrante de la Fania All Stars.

JenD: ¿Qué te hizo elegir tus instrumentos?

CM: Siempre tuve deseos de aprender piano, pero la percusión fue de acceso inmediato, sea por mi propia fabricación o la proximidad a instrumentos profesionales que vecinos como Sergio Tusen, Tato tambora, y otros en mi calle siempre tenían a disponibilidad. Aunque rara vez podía tenerlos por más de unos minutos, me enteré que si me hacía miembro del coro Parroquial San Pedro podría tocar ahí y terminé llegando sin anunciar o preguntar y por alguna razón Doña Carmen me dejó tocar desde el primer día y mi obsesión comenzó de lleno.

Comencé con la güira y para mi sorpresa la directora sugirió que tocara las congas en ensayos subsiguientes, después bongos, timbales y batería. Las únicas lecciones que recibí fueron las de los miembros quienes trabajan en grupos locales y compartían sus conocimientos conmigo de manera espontánea. Pero el instrumento que totalmente me embrujo fue el vibráfono, aunque el único que vi en Santo Domingo fue durante una presentación de Ruben Blades y Seis del Solar en la televisión del medio día. Ése se quedó conmigo en mi alma, aunque no fue sino hasta mi carrera universitaria que consumara esa relación con los vibes.

JenD: ¿Qué te atrae de la percusión? ¿Quiénes te han influenciado?

CM: ¡Ritmo, ritmo ritmo! y una conexión espiritual con mi herencia africana, mi identidad de afro-caribeño. En cuanto a mis influencias, como decía antes, Ray Barreto, Milton Cardona, José Mangual Jr., Cachete Maldonado, Tata Güines, Tito Puente, Roena. En verdad, demasiados para enumerarlos y claro, con el desarrollo a través de los años, gente como Don Alias, Ralph McDonald, Candido... uf, podría pasar el resto del día mencionando. A Güines lo he estudiado, pero no podría dejar afuera a nuestro Ángel Andújar "Katarey", nuestro padre de la percusión, tampoco a Guarionex Aquino y a Wellington Valenzuela. Y eso solo en la percusión, en el vibráfono están Bobby Hutcherson, Lionel Hampton, Gary Burton, Milt Jackson, Teddy Charles, Red Norvo y más y más...

JenD: ¿Cuáles profesores te ayudaron a llegar a los niveles que has llegado? ¿Dónde y cómo fueron tus estudios?

CM: Buena pregunta, porque sin la ayuda de ellos no sé si hubiera pasado la etapa de güirero. Para comenzar, estuvo un integrante del coro de mi parroquia, que trabajaba con Primitivo Santos, Wilfrido Vargas, entre otros. También Ángel "Cachete" Maldonado en Puerto

Rico. En mi carrera universitaria, en Palm Beach State College, los profesores David Gibble (University of North Texas) y Dr. Pryweller con quien completé mi Associate of Arts Music Education and Jazz. Dr Tim Walters, quien estimuló mi carrera de vibrafonista mientras estudiaba Jazz en el Departamento de Estudios de Jazz; Neil Bonsanti (Jaco Pastorius Word of Mouth); Mike Brignola (Miami Sax Quartet), mi profesor de improvisación. Bachelors of Jazz en Palm Beach Atlantic University, profesor Seth Wexler, Professor Pompriant (Wild cherries); mis estudios de música popular, Bachelors of Popular Music and Education.

Mi camino a la educación en música tuvo varias curvas, pues no entré a la universidad hasta el 2002 cuando entré a Palm Beach State, después de 12 años de carrera como percusionista, la cual venia cultivando desde el 89 mas o menos. Todo más de oído hasta ese entonces.

JenD: Vienes tocando por mucho tiempo, y en muchos estilos y géneros a través de todos estos años. ¿Cómo han sido estas aventuras musicales?

CM: Todo un compendio de transformaciones y desarrollo. Originalmente yo quería ser un salsero y punto; pero mi amor por la música tenía el mismo entusiasmo por toda la gama de estilos que me informaron por osmosis, la radio de variedad de los 80 y el surgimiento de estaciones enfocadas en música Americana, como se le conocía en general, me dio una base para trabajar con bandas desde música caribeña, calipso, soca, classic rock, hasta música experimental. Cuando vine a la Florida, desde Nueva

York, todo fue tan orgánico, desde Steel Pulse, Los Reyes del ballenato, Syderco, The Blues. Quizás el mejor resultado, como no pude ser de la Fania (Risa), me fui a vivir un tiempo en la costa oeste en California.

JenD: ¿Con cuales grupos has tocado, y qué estilos o géneros?

CM: Como decía hace un momento comentando en el viaje musical Los Reyes del Vallenato, una experiencia inesperada, Banda Blanca (punta), Bonnie Rait (pop/blues), Gary DelaMore (calipso), Banda Brothers (latin jazz), Viti Ruiz (salsa), Papo Rosario (salsa) Peabo Bryson (R&B), Karl Berger (free jazz), Badal Roig (experimental jazz), Hugh Masakela (jazz/afrobeat), Ed Calle (jazz/big band), y muchos, muchos más.

----- 0 -----

Hasta aquí llegamos con la primera parte de este interesante encuentro con Carlos. En la próxima entraremos en su peregrinaje fuera del país que terminó en Tampa Florida, y hablaremos sobre su entrega en la música, como educador y más.

2 de 2

Hay una gran parte de Carlos Mota que está inmersa en agradecer lo aprendido, y este agradecimiento lo hace a través de una marcada pasión y entrega en la educación, en pasar lo aprendido a otros, en motivar el desarrollo de la juventud a través de la música, en proveer oportunidades de educación musical a todos, no importa cuánto puedan tener, económicamente hablando.

Continuemos con la segunda parte de la entrevista.

Jazz en Dominicana (JenD): De Santo Domingo a Nueva York y de ahí a la Florida. ¿Qué ha significado para ti cada una de esas etapas y qué hiciste durante estas?

Carlos Mota (CM): Nueva York fue la idea original, pero la sed de seguir haciendo cosas diferentes impulsó mi habilidad de re-localizarme. Por ejemplo, en la ciudad (NYC), con el auge del merengue y el hecho de que soy dominicano, al principio de los 90, parecía que estaba destinado al merengue y su hermana la bachata que tomaba acenso en esos días. La Florida fue una gran ampliación de oportunidades de trabajo, pero sobre todo la gran posibilidad de volver a la universidad y estudiar música a ese nivel y por eso, a mediados de los 90 me mudé por completo a la Florida, que hasta ese entonces solo venia por temporadas.

El jazz me llegó en NYC y fue una bendición porque me alejo de posibles malas influencias, cambió mi vida, como músico y como ser humano también. Tuve oportunidades increíbles, pude ver a Dizzy, John Henderson y muchos de los gigantes de nuestra música. De igual manera, el latin jazz fue el conducto para ese crecimiento. Por ejemplo, los consejos de Hilton Ruiz de estudiar de manera organizada. Creo que lo mejor de ese tiempo fue sentirme ser aceptado en la familia del jazz, con todos con quien hacia contacto querían compartir y enseñarme, en la gran mayoría siempre lo razonaban por mi entusiasmo y dedicación.

Florida me permitió desarrollar mi carrera en una multitud de experiencias y oportunidades diferentes y aunque me identificaba como músico de jazz, las oportunidades en música popular siguieron creciendo, específicamente cuando salí de la ciudad de Miami y me mudé a West Palm Beach. En esos años la música de jazz experimental o free jazz tenia apogeo entre los músicos de jazz/ rock (a la Chicago y Blood, Sweat and Tears) y exploraban las posibilidades de Miles Live, in The Corner, Water Babies etc, Herbie Hancock Sextet, Ornette Coleman, Charlie Haden y esos estilos. Además, tuve la suerte, por coincidencia, de haberme mudado al lado de uno de esos músicos locales, Greg Kokus, y el resto es historia.

JenD: ¿Qué te llevó a ser profesor de música? ¿Dónde enseñas?

CM: Trabajo para el sistema escolar en la Secundaria A.W. Dreyfoos, escuela de las Artes en West Palm Beach y también tengo un estudio en Music Man inc, desde el covid19 no he trabajado con estudiantes universitarios, es posible que vuelva para el 2023; pero aún así estoy súper ocupado.

JenD: ¿Cuál es tu misión como educador?

CM: Como educador siento la responsabilidad de promover el desarrollo de mis estudiantes, proveer oportunidades para que ellos preserven la tradición de esta música que llamamos jazz; pero la raiz de todo eso es comunicar el amor por las artes y la humanidad en general. Es fantástico ver ese momento de aprendizaje. El aprendizaje no tiene límites (learning has no limits)

JenD: ¿Para ti, cuál es el balance entre la música, el intelecto y el alma?

CM: Esa relación es simbiótica. Ese triángulo es equilátero, el intelecto proyecta la música que sale de el alma. Mucho más allá de lo físico.

JenD: ¿Para ti, existe hoy en día el Afro Dominican Jazz?

CM: Claro que sí, el hecho de que la palabra afro está en su designación es testamento de eso. Recuerdo cuando eso era casi tabú. Para mí es el uso de los conceptos de jazz a la par con la música autóctona que de echo tiene su afro influencia. Con mucho orgullo que veo a Josean (Jacobo), Yasser (Tejeda), Alfredo (Balcacer), y a Alex Diaz impulsando y expandiendo el paladar. Apoyo a mis amigos/colegas cien por ciento.

JenD: ¿Has dado talleres, piensas en compartir tus conocimientos?

CM: Si, para la Asociación Internacional de Educación para el Jazz (IAJE) y próximamente para Jazz Education Network. También como mi alma mater y otras Universidades y centros en la Florida y del país, La Universidad Autónoma de Santo Domingo (USA).

JenD: ¿Si pudieras cambiar algo en el mundo de la música, que sería?

CM: El acceso para niños de los barrios a nuestro género musical. Quien sabe el talento que no se ha detectado pro falta de oportunidad.

JenD: ¿Qué ves como próxima frontera musical para ti?

CM: Asimilar los sonidos que definen a nuestra juventud, solo veo a Miles Davis como el modelo a seguir en términos de alcance a nuevos seguidores del jazz. El jazz se adapta a cada nueva era y cada una de ellas contribuye no solo a la cultura, sino a sus exponentes. Quiero estar en ese momento.

JenD: ¿A quién escuchas en estos días?

CM: Bill Charlat me llega a la mente, Esperanza Spalding, Makaya Macraven, Kamasi Washington, Butcher Brown, Robert Glasper.

Responde lo primero que te venga a la mente.

JenD: Carlos Mota.

CM: Fearless.

JenD: La percusión.

CM: Mi Alma.

JenD: El vibráfono.
CM: Belleza.

JenD: La educación.
CM: Indispensable.

JenD: El Jazz.
CM: Mi casa.

JenD: Nuestro Jazz.
CM: Orgullo.

JenD: Cuéntanos sobre Mode Marimba, Inc. ¿Qué es un teclado de percusión electrónica?
CM: Mode Marimba en una empresa que fue fundada para proveer un gran sonido a un precio más accesible a las marimbas tradicionales hechas a mano con palo de rosa o palisandro, que están en peligro de extinción. En el camino se hizo evidente que este asombroso instrumento carecía de atractivo general por 2 razones principales: amplificación y portabilidad. El EPK®, también conocido como teclado de percusión electrónica, tiene un diseño más portátil y se conecta como otros instrumentos contemporáneos para presentaciones en el escenario y grabaciones de línea directa. Los pickups patentados amplifican las

vibraciones reales de la barra de tonos, lo que permite no solo la amplificación, sino también el uso a gran escala de décadas de efectos de sonido de audio.

En cuanto a mi participación con la compañía, hace unos años atrás que Mode Marimba me invitó a visitar su fábrica a probar el instrumento, y claro, fui a visitar y me encantó el instrumento y sus posibilidades sonoras, la capacidad de tener la parte física, las barras, y poder crear con la sensibilidad de un instrumento acústico con permutaciones de voces casi infinitas es una tentación irresistible para un jazzista que viene de la escuela de exploración, pues la colaboración es orgánica

JenD: Tienes un nuevo trío, marimba órgano y batería, cuéntanos sobre el proyecto y esta instrumentación inusual para el jazz.

CM: Sí, desde hace un tiempo me he enfocado en tríos con órganos. No es nuevo, pero si tiene una cantidad exquisita de retos para todos los involucrados. Hace unos diez años que tuve la oportunidad de trabajar con el gran organista, Dr. Lonnie Smith, a quien perdimos apenas hace un año (28 de septiembre), esa oportunidad fue sensacional, aunque ya habíamos establecido una conexión cuando me dio trabajo en las congas al final de los 90. Doc me daba bastante tiempo para "solear" en los temas con las congas y siempre me daba excelente feedback. Cuando me llamó para tocar en una presentación privada en Palm Beach, le hice la pregunta que los percusionistas siempre hacemos: ¿que usted quiere que traiga?, y me dijo trae percusión (risa). Le pregunté que si los vibes (vibráfono), saltó y me preguntó por qué no le había dicho antes que tocaba vibes y dijo ¡pues claro! ¡Que honor, que diversión, cada solo de Doc es un Universo!

Esa experiencia me dejó muy interesado en ese tipo de colaboración, de hecho, ya había muchos videos de Bobby Hutcherson y Joey DeFrancesco demostrando la belleza de esa combinación, de hecho una ves te pregunté Fernando que si podría conseguir un organista para tocar en el Fiesta Sunset Jazz en Santo Domingo, pero no se pudo. La intimidad de esa colaboración y las bellezas sonoras son intoxicantes. Con guerreros como mis hermanos Phoenix Rivera en la batería y Nevada Hadary en el órgano, el cielo es el límite.

JenD: ¿Qué otra cosa quieres compartir con nuestros lectores?

CM: Sigan apoyando esta música que es su música, a sus intérpretes en especial, a los locales y su asistencia, a las presentaciones en vivo, pues ahí es donde el valor de todas las generaciones, habidas y por haber, vive.

A todos me despido con mi: ¨***Be Cool - Be Bop***¨!!

El QR de arriba le llevará a la presentación de Carlos Mota y su Carlos Mota Jazz Quintet en el reconocido espacio Fiesta Sunset Jazz en su concierto del 2019!

Corey Allen

1 de 3

Al inicio de este año, cuando estaba pensando en las personas que quería incluir en la serie Jazz en Dominicana: Las Entrevistas 2022, me vino el nombre de Corey Allen, y de inmediato lo puse en la lista, para esperar el momento oportuno de poder entrevistarlo. Corey es músico, compositor, arreglista, director de orquestas, productor, educador. Su experiencia musical cubre casi toda la gama del negocio de la música. Le tengo un gran afecto, admiración, respeto y es un honor llamarlo Amigo.

En 2010 cuando estaba viendo posibilidades para el primer concierto para los socios del recien nacido Sunset Jazz Lounge Club, uno de los miembros, mi gran amigo Silvestre de Moya, me recomendó a Corey Allen, quien estaría en el país de visita para un proyecto del cual no podía ser revelado en ese momento. A Corey lo había visto en el Teatro Nacional como miembro de la banda de Chuck Mangione, un evento que produjo De Moya.

La noche del 15 de junio de 2022 Corey entregó un gran concierto, bien recibido por los asistentes. Entre fumadas, tragos e intercambios sobre el jazz, nos conocimos y arrancó una gran amistad entre ambos.

Como muchos ya sabrán, Corey estaba aquí para dejar sentada las bases para la Escuela Internacional de Música Contemporánea de la Universidad Pedro Henríquez Ureña (UNPHU), y luego de varios viajes, se ha establecido en nuestro país como su director.

Inquieto al fin, ha tocado en eventos, conciertos y festivales, ha producido álbumes, ha compuesto, ha realizado grandes arreglos, ha aconsejado a muchos músicos de aquí y del extranjero, se ha enamorado, se ha casado, sobre todo sigue su pasión por educar, por la música y por las amistades cosechadas.

La hoja de vida de Allen es inmensa. Como productor discográfico, intérprete, compositor y arreglista, su trabajo se puede escuchar en grabaciones de géneros tan diversos como Jazz, R&B, música latina, bandas sonoras, música clásica, house, pop, gospel, fusión y teatro musical. Ha trabajado con una amplia gama de celebridades y grandes del jazz, entre ellos: The Manhattan Transfer, Dianne Reeves, Chuck Mangione, Doc Severinsen, Lou Rawls, Carol Welsman, The Duke Ellington Orchestra, Kevin Mahogany, Kim Bassinger, Kenny Barron, James Moody, Frank Gambale, Dave Koz, Eric Gale, John Patitucci, Alex Acuna, Scott Bacula, Airto Moreira, Arthur Fiedler y muchos más.

Cuando le pregunté si quería acceder a que lo entrevistará, de inmediato me dijo que sí. Quise hacer los que los americanos llaman un in-depth interview (una entrevista profunda) para el beneficio de nuestros lectores. El conversao fue largo, las preguntas y respuestas fluían, y de unas respuestas salían otras preguntas. Hemos querido compartir el 100% del encuentro, y es por eso que la estamos publicando en su totalidad y en tres partes.

Jazz en Dominicana (JenD): Iniciamos la entrevista preguntándole ¿Quién es Corey Allen según Corey Allen?

Corey Allen (CA): Un hombre que está agradecido con Dios por todas las bendiciones que me ha dado; amante de la buena música, el arte, la cocina, la comida, los amigos, la familia y los viajes.

JenD: ¿Cómo te inicias en la música? Empezaste con el bajo, ¿cómo inicias con ese instrumento, y cuando cambias al piano?

CA: Bueno, de hecho, empecé con el piano. Mi madre fue mi primera profesora de piano. Empecé a tocar "de oído" cuando tenía tres años. Porque soy disléxico, odiaba leer música de piano. Pero, me encantó escribirlo. Me encantaba escribir las notas y el pentagrama. Solía copiar la música de mi libro de piano y pretender que estaba escribiendo una obra maestra.

Siempre me fascinó cómo sonaban los diferentes instrumentos cuando tocaban juntos.

Mi hermana tocaba el clarinete y mi hermano tocaba la tuba juntos en la banda de su escuela secundaria. Después de escucharlos practicar sus partes, pude tocar ambas partes en el piano.

A medida que fui creciendo, aprendí a tocar el bajo, el trombón, el banjo, la guitarra y la mandolina. Aprender todos esos instrumentos me ayudó a convertirme en un mejor arreglista/compositor.

JenD: ¿Quiénes te influenciaron?

CA: Como pianista, Bill Evans, Oscar Peterson, Dave McKenna, Teddy Wilson, Art Tatum, Paul Smith, Miles Davis, Bud Powell, Hank Jones, Red Garland, Dizzy Gillespie, Cannonball Adderley fueron mis mayores influencias. No soy un pianista "moderno". En este momento, creo que Herbie Hancock es quizás el músico vivo más emocionante de la actualidad. Él trasciende su instrumento.

Como arreglista/compositor, Thad Jones, Stravinsky, Fletcher Henderson, Duke Ellington, Gil Evans, Mike Gibbs, György Ligeti, Charles Ives, Johnny Mandel, Ravel, Mozart, Ivan Lins. Todos ellos han jugado un papel en mi desarrollo.

JenD: ¿Cuáles grabaciones (discos) tuvieron mayor impacto en tu crecimiento?

CA: Todas las grabaciones de Bill Evans, Oscar Peterson – The Trumpet Kings, la grabación de Mathis der Maler de Horstein y el LSO, Joe Pass and Ella Fitzgerald –

Again, "The Tony Bennett Bill Evans Album", "Pearl" de Janis Joplin, "Switched On Bach" de Walter Carlos, la grabación de Mozart Sym. #40 de George Szell, todas las grabaciones de James Taylor, Thad Jones & Mel Lewis Jazz Orchestra – "Consummation", Donald Fagen – "Nightfly", Edgar Winter – "White Trash".

JenD: Pianista, compositor, arreglista, productor, director de orquesta y educador.

¿Cómo logras balancear el tiempo con todo lo que haces? ¿Cúal de estos oficios te gusta más?

CA: Soy muy bendecido. Afortunadamente, me he mantenido ocupado incluso durante la pandemia. Encuentro que no puedo mantener un alto nivel de todas esas actividades simultáneamente. Entonces, tengo que dedicarle tiempo a cada uno. Por ejemplo, durante los últimos meses, no he tocado el piano. He estado componiendo la música y produciendo mi nueva grabación con Nestor Torres.

JenD:¿Te consideras más músico, compositor, arreglista o educador?

CA: Estoy profundamente, sin esperanza y completamente enamorado de la música. La música es lo que hago. Soy solo yo.

JenD:¿Pudieras compartir algo de tus experiencias, vivencias, con The Manhattan Transfer, Chuck Mangione, The LA Jazz Trio?

CA: Empecé a trabajar con Manhattan Transfer como resultado de haber sido el director musical de varios musicales en los que la música se basaba en el estilo de Manhattan Transfer. Fue un gran entrenamiento. Conocí a Cheryl Bentyne, la soprano del "Transfer", cuando era el director musical de un espectáculo en Los Ángeles. Escribí los arreglos para ella y eso me llevó a escribir los arreglos para Manhattan Transfer.

En 1995, Chuck quería volver a los escenarios. El bajista Charles Meeks y Grant Geissman, el guitarrista de su banda "Feels So Good", me recomendaron para el puesto de teclado. Mi primer concierto con Chuck fue en el Blue Note de New York.

El bajista Kevin Axt y yo habíamos trabajado juntos durante muchos años. Cuando Charles Meeks dejó la banda, Kevin tomó su lugar. El baterista de Chuck se fue algún tiempo después de eso y Dave Tull se convirtió en el baterista. Kevin, Dave y yo grabábamos muchos discos y tocábamos como sección rítmica para varios artistas. Muchos de los cuales estaban grabando para King Records en Japón. King me pidió que produjera una serie de 101 canciones de jazz con el trío, y nació el LA Jazz Trio.

Grabamos o tocamos con Chuck Mangione, Kevin Mahogany, Cheryl Bentyne, Richie Cole, Ken Peplowski, James Moody, John Pizzarelli, solo por nombrar algunos. Amo a esos chicos.

JenD: Has tocado con un "quién-es-quien" del mundo del jazz. ¿Alguna anécdota de alguien en especial con quien tocaste que quisieras compartir?

CA: He sido un músico profesional durante 52 años. Tengo tantas anécdotas y recuerdos maravillosos de las personas que he conocido o con las que he trabajado. De Arthur Fiedler a Herbie Hancock. Tal vez algún día escribiré un libro.

2 de 3

Tuvimos la dicha de disfrutar de las genialidades musicales de Corey en muchos y variados eventos en nuestros espacios del Fiesta Sunset Jazz, Noches de Jazz en la Zona en las Escalinatas de la Calle El Conde, Lulú Live Sessions y los Jazzy Tuesdays. Siempre gentil, caballeroso, servicial. Continuemos conociendo algo más de su vida para luego entrar a la segunda parte de esta, tan interesante, entrevista.

Los arreglos de Corey para grupo vocal y orquesta han sido grabados por The Manhattan Transfer con Cincinnati Pops y con la Orquesta Sinfónica de la Ciudad de Praga. También ha hecho arreglos para los grupos vocales: M-Pact (EE. UU.), Suite Voice (Japón) y Vocalese (España) y los vocalistas Anthony Jefferson, Bobby Caldwell, Jimmy Demers, Tim Hauser, Kevin Mahogany, por nombrar solo algunos. Muchos de sus arreglos vocales están publicados por Sound Music Publications.

Su discografía incluye once producciones para Cheryl Bentyne. Entre los aspectos más destacados de esas grabaciones se encuentran "Something Cool" para

Columbia Records, "The Book of Love" para el sello Telarc y "Moonlight Serenade" para King Records (con un grupo vocal compuesto por miembros de Take 6, The Manhattan Transfer y Voicestra de Bobby McFerrin). Corey también tiene un álbum como solista, My Romance - an Homage to Bill Evans para King Records y hace unos días lanzó una nueva grabación, Dominican Suite con el flautista Néstor Torres (de ésta hablaremos en la tercera parte de la entrevista).

Sus créditos cinematográficos y en la televisivos incluyen la película Live Nude Girls, protagonizada por Dana Delaney y Kim Cattrall. Escribió la partitura para la película de Showtime Noriega: God's Favourite starring Bob Hoskins y para la presentación de Biography Channel, Carmen Miranda - The South American Way. Además, con la música de la película Just Cause protagonizada por Sean Connery y Laurence Fishburne. Compuso la banda sonora del documental The Powder And The Glory. La película trata sobre la vida de las pioneras de la industria cosmética, Helena Rubinstein y Elizabeth Arden. Corey también ha compuesto y arreglado música para varios programas de televisión nocturnos.

En teatro en vivo, recibió un premio de la crítica dramática de Los Ángeles por su destacada dirección musical para el espectáculo Niteclub Confidential. Fue el director musical de las producciones de Boston, Saint Louis, Atlantic City, Monte Carlo y giras de la exitosa revista, The All-Nite Strut (El pavoneo de toda la noche).

Como conductor de orquestra, Corey ha dirigido la Orquesta Sinfónica Pops de Saint Louis, la Sinfónica de la Ciudad de Praga e innumerables orquestas de estudio y de fosa desde Los Ángeles hasta Montecarlo.

A continuación, la segunda partes de Jazz en Dominicana - Las Entrevistas 2022: Corey Allen.

Jazz en Dominicana (JenD): ¿Cómo te sientes al crear, al componer? ¿Hay algún proceso creativo involucrado?

Corey Allen (CA): No tengo un proceso establecido para componer. Durante la pandemia, escribí una sinfonía. Cada movimiento de mi sinfonía se basa en un poema que es significativo para mí. En ese caso, la forma de cada poema dictaba la forma y la estructura de los movimientos individuales. Sin embargo, si estoy escribiendo música para una película, entonces tengo que considerar las imágenes en la pantalla y tratar de aumentar su impacto emocional.

JenD:¿Te inspiras en el sonido de otros instrumentos u otros géneros? ¿Es algo en lo que piensas con mucha atención mientras escribes o es algo que te das cuenta después del hecho?

CA: En mis días de estudiante, toqué varios instrumentos con muchos conjuntos diversos de música clásica, folklórica y jazz. Estar expuesto e influenciado por tantos estilos y géneros musicales me ayudó a convertirme en un mejor arreglista/compositor. He arreglado y grabado: jazz, clásica, house, R&B, gospel, rock, música latina, blues y música folclórica francocanadiense. Por supuesto la música dominicana es muy interesante para mí. Llevo varios años estudiándola.

JenD: Cuéntanos sobre tu producción discográfica My Romance. El porqué de la misma, estilos utilizados. ¿Es esta tu primera como solista?

CA: Sí, My Romance fue mi primera grabación como solista. Estaba trabajando mucho, produciendo discos para King Records. Un día, el productor ejecutivo Susumu Morikawa me preguntó si me gustaría grabar un CD en solitario. Por supuesto, me sentí halagado. Pero, no sabía qué grabar. Decidí rendir homenaje a mi mayor influencia, Bill Evans. Para mí, lo mejor de ese CD es una pieza llamada Elegy for Bill Evans. Es para orquesta y piano. Todavía estoy muy feliz con eso.

JenD: ¿Para ti, qué significó esta producción?

CA: El proceso de hacer ese disco verificó unos sentimientos muy profundos. Es decir, que realmente no disfruto ser solista. Soy muy buen acompañante y prefiero apoyar a un solista con mi piano o con una orquesta.

JenD: ¿Cómo llegas a la República Dominicana?

CA: Vine aquí con Chuck Mangione para un concierto en el Teatro Nacional en 2003. Silvestre De Moya fue el promotor del concierto. Silvestre trajo la banda de

Mangione de regreso a RD un par de años después. Recuerdo que lo pasábamos bien y que la gente me gustaba mucho.

JenD: ¿Qué te interesó sobre la República Dominicana?

CA: Cuando vine por primera vez a Santo Domingo, había muchas construcciones nuevas en toda la ciudad. Me pareció una ciudad muy vibrante. Luego, tuve la oportunidad de ver la belleza natural del país: Jarabacoa, Las Terrenas, etc. La República Dominicana es un lugar hermoso. Y por supuesto, está lleno de grandes músicos e ingenieros. No puedo pedir más.

JenD: ¿Cómo y cuándo nace el proyecto de crear la Escuela Internacional de Música Contemporánea de la UNPHU?

CA: Como dije antes, Silvestre De Moya fue el empresario de los conciertos con Mangione. Durante ese tiempo, me hice amigo de Silvestre y su familia. Un día en 2009, Silvestre me llamó a Los Ángeles para decirme que su hijo Sly tenía una relación cercana con la embajada de los Estados Unidos y que estaba tratando de encontrar una manera de que el Departamento de Estado de los Estados Unidos y el gobierno dominicano pagaran para que yo fuera a RD y hacer un diplomado en arreglos vocales y teoría musical. Le dije que estaba interesado y Sly consiguió que ambos gobiernos financiaran el proyecto. El diplomado se realizó en la UNPHU en 2010.

JenD:¿Cuáles fueron algunos de los desafíos que tuviste que superar?

CA: El mayor desafío fue y sigue siendo el idioma español. Mi esposa y Google Translate son mis mayores ayudantes en esa área.

JenD:¿Cómo va la Escuela luego del corto tiempo que tiene? ¿Como ves el talento que está surgiendo?

CA: Estoy muy orgulloso de lo que hemos logrado en los últimos seis años. Empezamos la escuela de música de la nada. Esto fue una verdadera bendición porque nos permitió crear un programa musical que aborda las realidades actuales del negocio de la música y el entretenimiento. Sabíamos que adoptar un enfoque pragmático de la educación ayudaría a nuestros estudiantes a tener éxito. También tuvimos tres cosas muy importantes a nuestro favor: mucho apoyo de la administración de la UNPHU, particularmente del rector y nuestro decano, personas a cargo muy inteligentes y motivadas, y un grupo inicial de estudiantes realmente maravilloso.

Y ahora estamos viendo resultados muy positivos. Muchos de nuestros alumnos están encontrando sus primeros éxitos luego de graduarse de la UNPHU Musica. Por ejemplo, Hansel Moya está actuando en una producción del musical de Broadway, Tina en Madrid. José Francisco Pérez es un violinista/ productor solicitado en Alemania e Italia. Muchos de nuestros graduados están obteniendo maestrías en áreas como musicología, interpretación, educación musical y composición. UNPHU Music ha brindado acceso a oportunidades que antes no estaban disponibles para los estudiantes de música dominicanos.

UNPHU Musica se ha asociado con algunas de las escuelas de música más prestigiosas del mundo. Por ejemplo, la Hochschule für Musik und Theatre de Hamburgo, la Royal Academy of Music de Aarhus, Dinamarca, el Vano Sarajishvili Tbilisi State Conservatoire de la República de Georgia, la Universidad Alfonso X de Madrid.

Además, somos miembros de dos importantes alianzas internacionales: GLOMUS (una red de escuelas de música y danza de más de 38 países) y la Asociación Latinoamericana de Escuelas de Música (ALAEMUS). Por cierto, la UNPHU será sede del CLAEM, Congreso Latinoamericano de Escuelas de Música, en mayo de 2023 aquí en Santo Domingo.

JenD:¿Qué planes hay para la Escuela en los próximos años?

CA: Para seguir mejorando, nuestro objetivo es que la UNPHU Música esté catalogada entre las mejores escuelas de música del mundo.

3 de 3

En las primeras dos entregas hemos visto a Corey Allen desde sus inicios hasta su llegada, y ahora permanencia en el país. En esta última parte, hablaremos sobre sus otros quehaceres y proyectos, fuera de las aulas de la UNPHU, donde es actualmente el Director Académico de la

Escuela Internacional de Música Contemporánea. Terminemos de conocer un poco más sobre Corey.

Se siente muy cómodo con el piano y los teclados electrónicos. Ha grabado 21 álbumes de estándares de jazz para la compañía Piano Disk, tres álbumes de piano solo para la biblioteca Yamaha Disklavier y una versión digital de su propio CD en solitario, My Romance. Corey es miembro fundador del LA Jazz Trio con Kevin Axt y Dave Tull. El trío ha grabado más de 26 CDs y ha actuado y grabado con Chuck Mangione, Kevin Mahogany, Cheryl Bentyne, James Moody y Richie Cole. El trío grabó 101 estándares del Great American Songbook para King Records y lanzó dos CD en Japón y Corea.

Allen enseñó en Berklee College of Music entre 1980 a 1985 y regresó a Berklee entre 2002 a 2004 para enseñar arreglos vocales. Ha impartido talleres de teoría musical y arreglos en The Frost School of Music de la Universidad de Miami, la Universidad de Oregón, Milligan College, la Universidad de Maine, el Conservatorio de Lausana, Suiza y la Hochschule für Musik de Aachen, Hannover. y Hamburgo, Alemania. En 2010, el Departamento de Estado designó a Corey como enviado cultural a la República Dominicana. En el mismo año comenzó su asociación con el festival Conciertos Jazzar en Aargau, Suiza, como artista invitado y mentor. Ha arreglado música para el festival todos los años desde entonces.

Corey es autor de nueve libros: Arreglos en el mundo digital, publicado por Berklee Press (ahora agotado), La voz del arreglista partes 1 - 4 y Armonía: un nuevo enfoque para el músico contemporáneo creativo, partes 1 – 4. Estos libros forman el núcleo curricular de los programas de teoría y arreglos de la UNPHU.

Durante la pandemia, compuso una sinfonía y la música para su recién estrenada grabación la Suite Dominicana con el flautista Néstor Torres.

Antes de iniciar esta última parte de la entrevista, quiero expresar mi agradecimiento, respeto y admiración a este gran ser humano, que un día llegó y que, gracias a los designios de Dios, ha estado entre nosotros.

Como país, nos sacamos la lotería, ojalá y lo valoremos. De mi parte tengo un gran amigo, colaborador y consejero.

Jazz en Dominicana (JenD): Has participado como director musical y arreglista en varias producciones de artistas que residen en el país, como el caso de Anthony Jefferson ¿Cómo han sido estas experiencias?

Corey Allen (CA): Sí, de hecho. Arreglé y produje dos grabaciones para Anthony. Lo conocí cuando actuaba para ustedes en el Dominican Fiesta. Sus discos siempre son divertidos de hacer. Su primer disco me dio la oportunidad de trabajar con algunos de los mejores músicos e ingenieros dominicanos. Desde entonces, he arreglado y/o producido música para Cheo Zorrilla, Victor Mitrov, Gustavo de Hostos y para muchos artistas internacionales cuyos proyectos discográficos he traído a este país como: M-Pact, el bajista Brian Bromberg, las vocalistas Christina Jones y Judy Rafat, además de dos documentales.

JenD: Próximamente se estará sacando el álbum de Gustavo de Hostos ¿Qué puedes decirnos sobre esta producción?

CA: Justo antes de la pandemia, mi amigo Gustavo me dijo que quería grabar un disco de canciones crooner con una big band. La sección rítmica la grabamos aquí con Pengbian Sang en el bajo, Federico Méndez en la guitarra, Guy Frómeta y Sly De Moya en la batería y el percusionista Edgar Zambrano. Grabé los metales y saxos en Los Ángeles. El álbum tiene la sensación de un disco hecho en los años dorados de grabación de LA.

JenD: Hablando de producciones, compusiste y estás por lanzar The Dominican Suite ¿ Qué es, de que se trata? ¿Cómo te surgió la idea? ¿Quiénes te acompañan?

CA: Mira, soy un inmigrante en este país. Los dominicanos me han recibido con los brazos abiertos. Me encanta la gente, la comida, la belleza natural. Tengo muchos amigos aquí. Mi esposa es dominicana. Ahora es mi hogar. El nombre completo de mi nueva grabación con Néstor Torres es, Dominican Suite – Amor, Vida y Felicidad. Es mi "carta de amor" a la República Dominicana. R.D. ha sido mi hogar durante los últimos años. Estoy muy agradecida por haber encontrado aquí el amor, la vida y la felicidad.

La grabación se llama Dominican Suite. La Dominican Suite es de hecho, una suite para flauta y big band que escribí pensando en Néstor Torres. Escribí la música en varios estilos dominicanos: I. El Merenguero (Merengue), II. Llévame a la Luna (Bolero), III. Interludio, IV. Hija del Caribe (Salve) y V. Prelude and Mangulina Azul (Mangulina).

Para ayudar a comprender el flujo de la Dominican Suite, creé una pequeña historia. Nuestro protagonista gringo llega a Santo Domingo y es recibido por su hermosa novia dominicana. Conducen por la vibrante ciudad de Santo Domingo y llegan a una fiesta donde bailan Merengue. Está muy enamorado de ella y le proclama su amor cantándole un bolero. Cuando termina, dan un paseo romántico por la ciudad vieja y se encuentran con un grupo de músicos folclóricos que interpretan una salve.

Al día siguiente, ella lo invita a una fiesta campestre en las montañas de Jarabacoa. La fiesta es en el campo; entonces, tiene que caminar por el bosque para llegar allí. En el camino, los sonidos del bosque lo rodean: el canto de los pájaros, los animales correteando, etc. Por fin, llega a su destino y la banda señala que el baile, una mangulina, está a punto de comenzar. La sorpresa es que ella es el centro de atención y él tiene que cortejarla.

Además, de la suite de flauta, compuse la música de una bachata con letras de Pavel Núñez llamada Cada Día y una canción llamada Las Mariposas con Carol Welsman y Maridalia Hernandez. La interpretación de Maridalia de esta canción es impresionante.

rase una vez en Santo Domingo /Once Upon A Time In Santo Domingo es una versión latinizada de una pieza que escribí hace un tiempo. Esta versión se basa en una noche que pasé caminando por la Zona Colonial de Santo Domingo escuchando todos los diferentes estilos de música que salían de los clubes y bares. También escribí un arreglo de la canción de Juan Luis Guerra, Si tú no bailas conmigo, cantada hermosamente por Alvaro Dinzey.

éstor y yo estamos acompañados por un maravilloso grupo de músicos que incluye: Federico Mendez, Sandy Gabriel, Pengbian Sang, Janina Rosado, "Chocolate" De La Cruz, José Francisco Pérez, Guy Frómeta, Ernesto Núñez, miembros de la sección de cuerdas de la Orquesta Sinfónica Nacional, y muchos grandes músicos de los Estados Unidos y Europa como Doug Webb, Joel Taylor, Brian Scanlon y Fiete Felsch.

Somos muy afortunados de tener ingenieros muy talentosos en este país. Tuve la suerte de trabajar con varios de ellos: Allan Leschhorn, Alex Mancilla, Janina Rosado, Guy Frómeta.

A ellos se unió mi viejo amigo e ingeniero en Los Ángeles, Tom McCauley.

JenD: ¿Existe para ti un jazz dominicano?

CA: Veo muchos músicos jóvenes muy talentosos en la UNPHU que están buscando un concepto de jazz dominicano. Me vienen a la mente Giancarlo Rojas y Surya Cabral. Estoy muy impresionado con el trabajo que está haciendo Yasser Tejeda. Además, Sócrates García está haciendo un gran trabajo. También estoy pendiente de Helen De La Rosa, Ivanna González y José Francisco Pérez.

JenD: ¿Qué significa esto para el jazz en el país, y el jazz nuestro en el exterior?

CA: Los conceptos profundamente arraigados de individualismo y expresión personal que son naturalmente inherentes a la música jazz se encuentran dondequiera que se encuentre música creada espontáneamente. Hoy en día, la palabra "jazz" se modifica con un adjetivo regional: Nordic jazz, Dominican Jjazz, Latin jazz, etc. El resultado es que la música jazz está evolucionando más rápido y en formas más diversas que nunca. El argumento de si un sentido del swing es o no crucial para la música de jazz, tan importante para los educadores de jazz, me parece fuera de sintonía con el rumbo que está tomando. Creo que el jazz como se definía en Estados Unidos entre 1930 y 2000 es cosa del pasado. Creo que la parte más importante de la definición de la palabra "jazz" es y será siempre el individualismo y la expresión personal, independientemente del adjetivo que se use antes.

JenD: ¿Qué crees de las torres de relevo que están surgiendo en dominicana?

CA: En términos generales, hay tantos músicos de jazz nuevos, talentosos y jóvenes trabajando ahora y muchos más que se están preparando para ingresar al campo. No estoy preocupado por el futuro de la música. Desde mi punto de vista, República Dominicana tiene mucho talento en muchas áreas de la música, no solo en la interpretación. Por ejemplo, ingenieros de sonido, compositores, investigadores, etc. El futuro parece prometedor.

Contesta lo primero que te viene a la mente:

JenD: Corey Allen.

CA: Buen tipo.

JenD: El Piano.

CA: Atormentador. Contador de la verdad.

JenD: Jazz.

CA: Yeah!

JenD: República Dominicana.

CA: Amor, Vida y Felicidad.

JenD: UNPHU.

CA: Legado.

JenD: Si pudieras cambiar algo en el mundo de la música, ¿qué sería?

CA: Establecería una infraestructura comercial por la cual los músicos serían pagados de manera equitativa y oportuna. Creo que esto finalmente se convertirá en una realidad cuando se desarrolle un modelo de negocio sostenible. Haría los cambios para asegurarme de que llegaría más rápido.

JenD: ¿Que planes habrá en el 2022 para Corey Allen?

CA: Seguir aprendiendo

JenD: ¿Qué quisieras agregar sobre tu música, sobre cualquier tema?

CA: La República Dominicana está llena de músicos talentosos. Pero el talento solo no es suficiente. Para competir en la economía musical internacional, necesitan formación y apoyo. En UNPHU Música trabajamos muy duro para brindar una excelente formación. En términos de apoyo, aquí hay dos pasos simples que podemos tomar para mejorar las posibilidades de éxito de los músicos dominicanos: 1) Necesitan apoyo financiero del público. Eso significa, levántate del sofá y sal a apoyar la música en vivo. 2) El gobierno puede hacer más para fomentar el apoyo a las instituciones artísticas y artistas individuales. Por ejemplo, la cantidad de dinero que las empresas y las personas invierten en apoyo de los programas artísticos (ya sea financiera o materialmente) debe deducirse de sus impuestos.

Por último, quiero decir "Gracias" directamente a la gente de la República Dominicana por aceptarme en su gran y hermosa familia.

----- 0 -----

Su obra, la producción discográfica Dominican Suite está disponible en los medios digitales, entre estos Spotify, del cual comparto su enlace a través del QR de arriba.

Michelle Marie

1 de 2

Hacía tiempo que quería actualizar a nuestros lectores con la carrera de la guitarrista de ascendencia dominicana, radicada en New York, Michelle Marie Nestor, Michelle Marie. Nos pusimos de acuerdo y entre llamadas, encuentros por Zoom, correos electrónicos, y hasta por Instagram, logramos los intercambios necesarios para convertir a estos encuentros en la entrevista que a continuación les ofrecemos.

En una entrevistas publicada en inglés en All About Jazz, titulada Michelle Marie: Two Countries, One Language (https://www.allaboutjazz.com/michelle-marie-two-countries-one-language-michelle-marie-by-fernando-rodriguez) daba a conocer a una joven músico, de padre americano, James Nestor, y madre dominicana, la vocalista puertoplateña Carmen Severino, que se manejaba en los variados géneros del jazz, R&B y producciones de Broadway.

Michelle Marie es autodidacta en la guitarra, inspirada en Wes Montgomery, Pat Metheny, Keith Jarrett, deletreando a Jim Hall y es de las pocas mujeres guitarristas que hoy en día están en el jazz. Acompañando a su madre en muchas giras, logró viajar a muchos países y entrar en contacto con sus músicas. De niña trató que sus padres le compraran un set de batería, después de varios intentos, decidió probar con la guitarra, compró una y se enseñó a sí misma a tocar. Éxito al instante.

Sus composiciones y arreglos originales crean una atmósfera impresionista, fluidez y profundidad. En su estilo de tocar se crea una relación entre persona e instrumento, donde el mismo aparenta ser una clara extensión de su ser. Y, al agregar su voz a esa mezcla, combinado con su presencia y deseo artístico, Michelle Marie definitivamente llama la atención.

Ella tomó tiempo de su apretada agenda para concedernos esta entrevista para que sus fans en los EE. UU. y en la República Dominicana pudieran ponerse al día con varios aspectos de su vida, su música y sus eventos y sucesos presentes y futuros. Algo larga y muy perspicaz, valiendo la pena cada minuto.

Jazz en Dominicana (JenD): ¿Quién es Michelle Marie?

Michelle Marie (MM): Michelle Marie es músico, artista, educadora, compositora, productora. Tiene una inmensa pasión por la música, siempre creando nuevos proyectos de crecimiento personal y musical. Admiradora del mar, el surf y la naturaleza. Siempre quiere seguir creciendo como artista.

Un objetivo que siempre ha logrado, en una de las carreras más difíciles de mantener, es la valentía. Es lo que la ha llevado a muchas actuaciones épicas con grandes artistas, trabajando en espectáculos de Broadway, viajando por todo el mundo, siendo líder de mi propia banda y, sobre todo, manteniendo la coherencia.

JenD: ¿Cómo te sientes con de tu herencia dominicana?

MM: Mi herencia dominicana es muy importante para mí. Mi mamá es de Puerto Plata y las veces que he viajado a República Dominicana para presentarme siempre quiero quedarme más tiempo. Me encanta la cultura, la comida, la música y la gente amorosa. Una vez que bajas del avión, sientes la calidez y el alma de la isla.

La historia de su liberación, su fe, la fuerza de la familia.

Mi herencia dominicana me ha enseñado la importancia de trabajar duro para tener éxito y el amor que tengo por la patria de mi madre es inmenso.

Las playas son increíbles, el campo, las fincas que producen tanto, es simplemente increíble.

Me criaron con raíces muy fuertes de mi madre y mi abuela. Mi abuela es la persona que realmente me hizo aprender a hablar español. Su método era no hablarme si no le hablaba en español. Muy inteligente de su parte. Miro hacia atrás a su poder, inteligencia, no por educación, sino por fuerza y fe.

JenD: Eres autodidacta, ¿cómo empezaste?

MM: Al principio fue muy difícil encontrar un maestro. Decidí que solo compraría una guitarra y libros de teoría y me enseñaría a mí misma. Pasé mucho tiempo practicando y adquiriendo todos los fundamentos esenciales y reuniéndome con otros músicos que me ayudaron a moldear mis habilidades musicales. Componer siempre me ha resultado natural.

JenD: ¿Cuáles son tus géneros favoritos para interpretar?

MM: Jazz, R&B classical, classic rock, y recientemente tuve que aprender el instrumento griego Bouzouki para un espectáculo en Broadway y realmente comencé a adentrarme en la música griega.

JenD: ¿Quiénes fueron tus influencias? ¿Qué te gusta tocar?

MM: La mayor influencia en mi vida fue el guitarrista Eddie Van Halen, que me llevó a Jimmy Page, y cerré la brecha del rock al jazz con el guitarrista Pat Metheny.

Me encanta tocar música que surge cuando tomas la guitarra por primera vez. Expresionismo lo llamo, sentir tus emociones en ese mismo segundo que tomas la guitarra, eso es lo que más me gusta hacer.

JenD: Te gusta tocar una mezcla de música conocida y tuya, ¿por qué?

MM: ¡Sí, mucho! Me encanta la música R&B y, a veces, agrego canciones de ese estilo a mi lista de canciones. Le agrego algunas re-armonizaciones a la armonía y variaciones rítmicas y lo que veo es que al público le gustan las transiciones, una música que le es familiar. Abre a la audiencia a un conjunto musical variado.

JenD: Michelle, tocas en varios grupos, varios géneros, ¿cómo manejas esto?

MM: ¡Muy buena pregunta! ¿Cómo puedo? Bueno, al final, ¡es mucho trabajo! Mucho tiempo solo practicando el material. Aunque me gusta el desafío, es algo que espero con ansias. Mi amor por la música latina me involucra mucho y siempre aprendo algo nuevo.

Luego, por ejemplo, la música nueva de un musical de Broadway que tuve que aprender leyendo las partituras y sin tener ninguna referencia, excepto la del compositor, se convierte en un gran desafío en sí mismo.

JenD: El COVID hizo que todo se detuviera durante casi dos años, al menos presentaciones en vivo. ¿Qué hiciste durante ese tiempo y qué tienes en mente en este momento?

MM: ¡Con el COVID se paró todo! Durante casi dos años el silencio fue realmente increíble, insoportable y aterrador. El mundo se detuvo. Estaba justo en medio de la sesión de invierno de mmrockcamp y tocando una canción de rock desafiante de la banda Rush (Tom Sawyer) y de repente apareció este virus y, a mediados de marzo de 2020, todo tuvo que cerrar.

Me sorprendió cómo el mundo y mi ciudad natal, un lugar como Nueva York, se convirtieron en un lugar muy tranquilo. Todo lo que podíamos hacer era concentrarnos en algo que nos diera un poco de paz, que afortunadamente es la música. Entonces, compuse mucha música, trabajé en un documental que produje llamado Music From The Playground (Música del patio de recreo), que eran entrevistas con músicos sobre la pandemia y cómo la enfrentaron. Realmente fue algo que ninguno de nosotros jamás había experimentado, un momento realmente difícil.

-----0-----

Con esta respuesta llegamos al final de la primera parte de la entrevista con Michelle Marie.

2 de 2

Michelle Marie, una chica sencilla de Nueva York; que creció en el Bronx, le encantaba andar en bicicleta, jugar a la pelota y practicar surf. Recuerda con amor sus años de crecimiento, cuando la música sonaba en las calles que, a decir de ella, "creó una vibra que nunca olvidaré".

Desde el 2019 Michelle Marie había estado en las obras musicales de Broadway Summer: The Donna Summer Musical, The Cher Show, entre otras; actualmente está produciendo un documental y toda su música sobre el Covid-19, a través de imágenes y un video en vivo. Además de músico, compositora, arreglista y educadora, ella es presidente de su programa de música mmrockcamp, así como productora de cortometrajes en NY.

Ella ha acompañado a artistas como Mary J. Blige, Patty Labelle, Sheila E., Marc Anthony, entre otros. Ha tocado en lugares como Carnegie Hall, el Birdland, el Blue Note; en festivales alrededor del mundo. Se ha presentado en nuestro país en el Dominican Republic Jazz Festival, y en el Santo Domingo Jazz Festival en Casa de Teatro. Ha ido de gira por Estados Unidos, Canadá, Puerto Rico, Italia, España, entre otros lugares.

Jazz en Dominicana (JenD): ¿Qué está haciendo hoy el Michelle Marie Trio?

Michelle Marie (MM): Acabo de retornar de Quebec donde toqué en el Festival de Jazz de Otoño a finales de octubre y, mientras las cosas vuelven a la normalidad, me centraré en la composición y las actuaciones locales y luego, en la primavera de 2023, estaremos haciendo más presentaciones con nueva música y banda.

JenD: Has estado ocupada con Black Girls Rock, ¿de qué se trata todo ésto?

MM: Black Girls Rock (BGR) es un proyecto creado por Beverly Bond. Su objetivo es empoderar a las jóvenes de color y darles mejores imágenes que las representaciones negativas que se ven en los medios. Desde 2006, Black Girls Rock se ha dedicado al desarrollo de mujeres jóvenes y niñas. Busca desarrollar la autoestima y el valor propio de las mujeres jóvenes de color, cambiando su perspectiva de la vida y ayudándolas a empoderarse. He estado trabajando como educadora y miembro de la House Band con el proyecto BGR desde 2010.

JenD: Has tenido tu propio campamento de verano, MMROCKCAMP, durante algún tiempo, ¿cómo te va?

MM: Bueno, lamentablemente tuvimos que cerrar la escuela por Covid, pero ahora en el verano de 2022 hemos vuelto a abrir y con nuevos estudiantes. También vinieron muchos ex alumnos a visitarnos, lo cual fue muy agradable. En realidad se convirtió en un concierto de reunión que simplemente sacudió, Actualmente, abrimos las puertas a finales de septiembre y ya tenemos una reserva sólida para las lecciones privadas del programa de presentaciones de la banda.

JenD: ¿Cuáles son tus proyectos actuales?

MM: Actualmente estoy organizando todas mis composiciones para una nueva grabación durante el invierno de 2022 e inicios del 2023 para un lanzamiento en la primavera.

JenD: ¿Cuéntanos sobre sus patrocinios actuales?

MM: He tenido el privilegio de haber sido respaldada por D´Addario Strings y Gretsch Guitars, desde hace 12 años y todavía estamos en éso; otros son Zoom Q3HD (Grabadoras de video) durante los últimos 4 años; Eventide Audio del que formo parte del Departamento de Representantes de Artistas; y Seymour Duncan (picks de guitarra, pedales, etc.) durante estos últimos 10 años; con ellos habrá un video de artista en el que participaré y que saldrá este invierno.

JenD: ¿Dónde estás tocando estos días?

MM: Sigo siempre tocando jazz, aprendiendo nuevos conceptos como las enseñanzas de Barry Harris, transcribiendo bebop, luego cambio a solos de guitarra de rock de los grandes guitarristas como Jimi Hendrix últimamente y llegando más lejos al repertorio clásico.

JenD: Si pudieras elegir, ¿con quién te gustaría tocar y por qué?

MM: Jack Dejohnette. ¡El mejor baterista de todos los tiempos!

JenD: ¿Qué música estás escuchando estos días?

MM: R&B y Jazz

JenD: ¿Qué es para ti el equilibrio entre la música, el intelecto y el alma?

MM: El alma es el equilibrio para mantener viva la música dentro.

JenD: ¿Cuál ves como la próxima frontera musical para ti?

MM: Tito Puente solía decir que quería tocar en la luna, lo mío es un poco más cerca: El Polo Norte, antes de que todo el hielo se haya ido.

JenD: Cuéntanos lo primero que se te venga a la mente.

JenD: Michelle Marie.

MM: La artista.

JenD: La guitarra.
MM: Mi extensión.

JenD: Nueva York.
MM: Muy agitado.

JenD: República Dominicana.
MM: La calma y la playa.

JenD: Grabación favorita de otro músico.
MM: Gloria's Step del Bill Evans Trio.

-----0-----

Después de unas cuantas tazas de café y de ir y venir con preguntas y respuestas, mirando hacia atrás, a esos viejos tiempos, cuánto ha crecido como artista y como persona, no podemos sino sentirnos honrados y orgullosos, al mismo tiempo de dónde está hoy Michelle Marie y de lo que vendrá de ella en los próximos meses y años.

Le agradecimos por el tiempo tomado de su horario, la honestidad y el amor demostrado. Le pedimos un mensaje final para compartir con nuestros lectores, a lo que respondió:

MM: Quiero compartir con toda una serie de novedades ahora que estamos finalizando el 2022 y al doblar de la esquina del 2023. Además, de ser miembro de Paradise Square en Broadway, he sido ofrecida participar en la gira nacional de Fiddler on the Roof en la primavera, tocando tanto la mandolina como la guitarra. Me acabo de unir a una banda de covers tributo a los Gogos y Bangles, llamada Bangos en Nueva York y, para finalizar, estén atentos a mi nueva música, la cual estaré sacando después de las vacaciones de navidad y, con suerte, también podré visitar RD para una presentación.

El QR de abajo le llevará a disfrutar del álbum Michelle Marie en Spotify.

A Dominican Jazz Sampler - Playlist by Jazz en Dominicana

Durante el 2022, entre varios músicos, el pianista Gustavo Rodríguez, el joven trompetista Jhon Martez y el saxofonista Alexander Vásquez con el Hexatonale Jazz Group lanzaban sus primeras producciones discográficas. Siendo éstas la más recientes que se suman a la discografía del Jazz en nuestro país!

El Listado de Reproducción (Playlist) que hemos preparado está conformada por una selección de temas de jazz realizados por músicos y/o agrupaciones dominicanas, y que se encuentran en sus diversas y variadas producciones discográficas.

Música de, entre otros: Darío Estrella, Mario Rivera, Michel Camilo, Alex Díaz, Juan Francisco Ordóñez, Rafelito Mirabal & Sistema Temperado, Oscar Micheli, Yasser Tejeda, Pengbian Sang & Retro Jazz, Proyecto Piña Duluc, Josean Jacobo, Isaac Hernández, Joshy Melo, Wilfredo Reyes, Jose Alberto Ureña, Gustavo Rodríguez, Jhon Martez y Alexander Vásquez.

Hacemos notar que esta es una selección no definitiva de nuestro Jazz. Se estarán adicionando temas en el tiempo. Hemos tratado de tener al menos un tema de cada músico que ha lanzado una producción discográfica.

En el QR de arriba pueden disfrutar del playlist a través de su celular.

El código ¨QR (Quick Response Code) nos permite escuchar al instante, a través de un teléfono móvil u otro dispositivo tecnológico,

** Descarga una aplicación de lectura de Código QR, disponibles en Google Play Store, si tienes Android, o App Store, si cuentas con tecnología de Apple.

Sobre El Autor

Fernando Rodriguez De Mondesert nace en Santo Domingo, República Dominicana; y a muy temprana edad se muda a Estados Unidos donde vive y se educa en Hempstead, New York. Hace sus estudios superiores en la Universidad de Houston y ejerce su carrera hotelera con la cadena Hilton hasta el 1982 cuando retorna a su país natal. Desde 1983 hasta 2008 dedicado al sector del transporte y logística de carga; habiendo sido, entre otros: Gerente de Operaciones de Island Couriers / Fedex; Gerente de la División Aérea de Caribetrans, S.A. y Gerente de País de DHL. En el 2006 crea Jazz en Dominicana, y desde el 2008 se dedica a cada día informar, promover, posicionar y desarrollar el jazz en el país y jazz dominicano al mundo.

A través de su plataforma, Jazz en Dominicana, el gestor cultural ha desarrollado una serie de herramientas, productos y servicios que complementan la misión escogida en pro del género musical. Estas incluyen:

- Escritor: En el Blog ha escrito unos 2,200 artículos, reseñas y biografías; además, sus artículos han sido publicados en periódicos nacionales dominicanos como: "Listín Diario", "Hoy", "El Caribe" y "Diario Libre". Escribe en la afamada All About Jazz en inglés. Es miembro del Jazz Journalist Association.
- Creador y productor de espacios de Jazz en vivo: en ellos se han realizado más de 1,400 eventos desde Septiembre del 2007. Actualmente los espacios que maneja son el Fiesta Sunset Jazz, Jazz Nights at Acrópolis, y los Jazzy Tuesdays en Santo Domingo.
- Productor de conciertos. Se destacan el World Jazz Circuit en los cuales se presentaron grandes artistas como Peter Erskine, John Patitucci, Frank Gambale y Alex Acuña; los conciertos que por 11 años consecutivos se han realizado con motivo del Día Internacional del Jazz, entre otros.
- Escritor de Liner Notes y productor de lanzamientos de producciones discográficas. A la fecha ha escrito los Liner Notes de 13 discos, y producido 10 lanzamientos.
- Otros: Expositor en charlas sobre el género; participaciones en programas radiales; el llevar a grupos dominicanos a festivales en el exterior; desde su fundación ha sido miembro del panel de jueces

para el 7 Virtual Jazz Club Contest, en el 2022 Presidente del Jurado de la 7ma versión de dicha competencia; entre otros.

- Ha recibido muchos reconocimientos, entre ellos: los Ministerios de Turismo y de Cultura de la República Dominicana, UNESCO, el Centro León, International Jazz Day, Herbie Hancock Institute of Jazz, Universidad Pedro Henriquez Ureña (UNPHU), Casa de Teatro, Festival de Arte Vivo, MusicEd Fest, en el 2012 el Premio Casandra como co-productor del ¨Mejor Concierto del Año - Jazzeando¨.

Ganador del Global Blog Awards 2019 Season II. Este es el quinto titulo que publica con la Ukiyoto Publishing Company: *Jazz en Dominicana - Las Entrevistas 2019* (febrero 2020); *Mujeres en el Jazz … en Dominicana (febrero 2021); Jazz en Dominicana - Las Entrevistas 2020 (abril 2021); y Jazz en Dominicana - Las Entrevistas 2021 (febrero 2022)*

Por estos medios Fernando aporta a la cultura de la música, en especial del Jazz, en la República Dominicana.

JAZZ EN DOMINICANA - 2022
THE INTERVIEWS
FERNANDO RODRIGUEZ DE MONDESERT

Dedication

I dedicate this book to my dear wife and love of my life Ilusha, who has been my great support, advisor, inspiration and above all... my friend. To Sebastián, Renata and Carlos Antonio, who motivate me to be better and give more every day. To Alexis, Guillermo, Pedro and Alfonso, who have unselfishly helped with this publication; as well as each of the 10 interviewees.

It is for all of you and for jazz in our country, the Dominican Republic, that these efforts are and will continue to be made!!

Acknowledgements

What began in 2006 as a digital medium focused on reporting on the dynamics of jazz in the Dominican Republic, has become a project that has carried out its mission to promote and develop our talents, in the country and internationally. I thank the musicians (those of yesterday, those of today and those of tomorrow); to the great public that follows jazz; to the establishments that have been and are centers of presentations; to the brands that sponsor and believe in this genre; to the written, digital, radio and television media; and to my great friends for their backing and support.

I am very grateful to Ukiyoto Publishing for believing that a jazz blog, in Spanish, could have quality content, could motivate them to invite me to submit a fifth title, being this one the fourth in the Jazz in the Dominicana series - The interviews. It compiles the interviews published on the page (blog) of Jazz en Dominicana in 2022,

Lastly, I want to thank the Jazz en Dominicana team: they are producers, sound technicians, illustrators, photographers, collaborators and more, who are always ready for the next jazz event, project and adventure.

To all, my most sincere and heartfelt thank you.

Prologue

How Chano Pozo played the drum in Fernando's cradle!

This December 3rd, 2022, as I am writing these words, marks the 75th anniversary of Chano Pozo being shot dead during an altercation at the Río Bar Grill, located at the corner of 111th and Lennox streets, in Harlem.

The tragedy was due to a bag of poor-quality marijuana that Eusebo Muñoz, alias El Cabito - at this point it is not known if he was Cuban or Puerto Rican, or what happened to him - sold to Chano. The musician insulted Cabito and demanded that he return the five dollars that it had cost him. The dealer refused, pulled out a pistol and fired six shots at the famous drummer. He took the $1,500 that the musician had hidden in his left shoe and fled. Hasta el sol de hoy. (Spanish proved meaning: as far as we know)

Six shots were too many to silence the hands that introduced the congas into jazz, changing it forever.

Chano Pozo had made a stop on the tour he was doing with the Dizzy Gillespie orchestra, his discoverer. He had returned to New York to buy some tumbadoras with which to replace the ones that were stolen from him in Raleigh, North Carolina. They say that he had prolonged his days in New York because he missed his lover, Caridad Martínez, with whom he lived in Harlem. It is even said that he felt very uncomfortable with the racism that he felt in his own flesh during the tour of the states of the North American South.

But Chano had a pending account with his saint Changó (Santa Bárbara in the Catholic religion). Before leaving Cuba, a babalawo had thrown snails at him and it had come out that he had to do iyabó before crossing the sea, or he would not return to his land alive. But the rush of the trip prompted him to leave and thus delaying becoming a saint until after his return. He died on December 3. The 4th is the day of Santa Barbara.

Chano's first performance with Dizzy and his band was at New York's Town Hall in 1947. This is how jazz critic Marshall Stearns saw it: "Chano Pozo crouched down in the center of the stage and beat a many-voiced conga drum with his callused hands. He held the audience in awe-struck silence for thirty minutes, singing in a West African dialect, as he hopped up and down, from a murmur to a whoop, and back to square one."

"Chano imposed his own style, he had the "Cuban clave" in his head, you had to follow him, he changed some accents on the tumbadora. Dizzy, who was a musician, applied the harmony and they arranged the rest with a musical bridge, structured by the talent of Walter Gilbert Fuller, supported by another no less talented than Chico O'Farrill, who adapted Chano's new pattern to make it easier, clear and viable, established the Cuban music critic Rafael Lam.

The Cuban sage Fernando Ortiz wrote: «Chano Pozo was a revolutionary among the jazz conga players, his influence was direct, immediate, electric (...) His grandparents spoke of him because of Chano Pozo's drum, but he also spoke all of Cuba. We must remember his name so that it is not lost like that of so many anonymous artists who for centuries have maintained the musical art of his genuine Cuban identity».

Chano Pozo's encounter with Dizzy Gillespie was like the conjunction of two unknown galaxies, for a Big Bang to occur in music.

Had there not been that robust black man, with a pronounced nose, thick lips, and big docker's hands, Fernando Rodríguez de Mondesert probably would not have been writing about Latin jazz, he would not have set out to produce concerts, and he would never have started his blog, which has already made him a author of five books. Or maybe yes. Only God knows.

Born in the Dominican Republic, at a very early age Fernando's family moved to the United States where he lived and was educated (elementary school and High School) in Hempstead, New York. After attending the University of Houston, he pursued his hotel career at the Hilton chain, until 1982, when he returned to the country. From 1983 to 2008 he was dedicated to the transport and cargo logistics sector; having been, among others: Operations Manager of Island Couriers / Fedex; Air Division Manager of Caribetrans, S.A. and General Manager of DHL.

In 2006, he created Jazz in the Dominican Republic, and since 2008 he has devoted himself entirely to every day informing, promoting, positioning, and developing jazz in the country and Dominican jazz abroad.

When he started writing in his blog, he was encouraged by myself. I called him "the encyclopedia of Dominican jazz" and of course other colleagues of his who were dedicated to promoting jazz in the country became jealous. But Fernando is a man with an enviable spirit of persistence. And his talent for writing is natural; so with a few tips he figured out what the issue was. It has been 16 years since.

Thanks to his efforts, he has maintained Jazz in the Dominican Republic, which serves as a source and venues for the promotion of new Dominican jazz talents. That multiple and generous space has served as a matrix for names of current Dominican jazz such as Josean Jacobo, Sabrina Estepan or saxophonist Carlito Estrada, just to mention three of the many that he has promoted.

Fernando's great success lies in the fact that he has not remained in that blog that he began to write in and today is a reference, but that he proposed to serve as a promoter of Latin jazz, and turned his brand into venues for presentations, the same in the Dominican Fiesta hotel than in a cigar club, wherever they offer him a chance.

He has produced recordings and has become an efficient cultural journalist, with always interesting interviews with dozens of musicians of different generations, instruments, styles, but always united by jazz.

Through more than 2,100 articles -reviews of concerts and festivals, interviews, biographies, photographs and more- about what is called "the musicians of our backyard" on a daily basis, it has become the only written means of communication dedicated 100% to this musical genre in the country. And, through live jazz venues, he has managed to present more than 1,350 events in the last 15 years.

He currently manages Fiesta Sunset Jazz (since December 2009) at the Dominican Fiesta hotel, Jazz Nights at Acropolis and Jazzy Tuesdays at Fusion Market.

His articles have appeared in "Listín Diario", "Hoy" and "Diario Libre" newspapers, among others. He has written articles in the famous All About Jazz publication in English.

Fernando Rodríguez de Mondesert is the only Dominican member of the Jazz Journalist Association. He has been a member of the jury of the 7 Virtual Jazz Club International Contest, since its inception in 2016. He has been selected President of the Jury for the 7th edition in 2022.

He is a frequent guest at various radio stations to carry out special Jazz programs. He also gives conferences in clubs and others.

Within his bibliography there are four books in Spanish and English, so far: "Jazz in the Dominican Republic: The Interviews 2019"; Ukiyoto Publishing, February 2020; "Women in Jazz..., in the Dominican Republic"; Ukiyoto Publishing, January 2021; "Jazz in the Dominican Republic: The Interviews 2020"; Ukiyoto Publishing, April 2021; "Jazz in the Dominican Republic: The Interviews 2021"; Ukiyoto Publishing, February 2022.

It all started when he was the winner of the Global Blog Awards 2019. Then Fernando chose the exclusive offer to turn his best selected blog writings into an illustrated book published by the Ukiyoto Publishing Company; and he turned "Jazz en Dominicana-Las Entrevistas 2019" into a book, which was published in February 2020.

During the year 2020, in the midst of the pandemic, Ukiyoto Publishing continued to monitor his work, and seeing that the publications on the Jazz en Dominicana blog met the criteria of content, creativity, uniqueness, originality and focus, he invited to deliver a second and third title, resulting in the invitation: "Mujeres en el jazz … en Dominicana", published in February 2021, and "Jazz en Dominicana - Las Entrevistas 2020" in April: followed by "Jazz in Dominican - The Interviews 2020" in February 2022.

These publications have opened and continue to open a window to various actors who have been, are and will be part of the jazz scene in the Dominican Republic.

What is special and different about these books is that they are not only written in Spanish and English, but are also integrated with Augmented Reality. There is a QR code placed after each chapter, which you can scan using a QR scanner and listen to the music of said interviewee or artist.

The four books published to date contain interviews with 27 musicians and 7 producers of radio programs, as well as the presentation of 50 women, who have contributed and are contributing enormously in all styles and at all times in the history of jazz in the Dominican Republic.

Fernando's fuel is his passion for jazz.

His mark and his imprint started, without him knowing it, when the conga player Chano Pozo and the trumpeter Dizzie Gillespie met in September 1947, through the mediation of that other great, Mario Bauzá. From the significance of this greeting and this friendship a dizzying and fruitful enterprise was born, which —like that of Machito, Mongo Santamaría, Mario Bauzá and many others— ended up giving a definitive sound to what we know today as Latin jazz.

It is as if Chano Pozo had played the conga in the cradle of Fernando Rodríguez de Mondesert.

We must thank Fernando for what he does, which is nothing more than historiography of what is happening today in the field of jazz in the Dominican Republic.

Leaving his imprint, historical memory, passion.

Alfonso Quiñones

Journalist, poet, culturologist, film producer and producer of the TV program Confabulaciones. Producer and co-writer of the film Dossier de ausencias (2020), producer, co-writer and co-director of El Rey del Merengue (2020)

December 2022

A book with music that you can listen to

As a way of having these readings interactive and didactic, we have supported the texts with the inclusion of ¨QR¨ (Quick Response Code). This allows us to listen instantly, through a mobile phone or other technological device, samples of the work of the musicians that are part of this publication. This is a resource that connects readers with these musicians..

Download a QR Code reading application, available in Google Play Store, if you have Android, or App Store, if you have Apple technology.

Sandy Gabriel

We are honored to have the renowned saxophonist, composer, arranger and bandleader Sandy Gabriel as the first interviewee of this new year, and with him to kick off our 2022 interview series.

He is a Dominican saxophonist who leads the melodic thread of jazz to its ultimate consequences. Fine-tuned precision, refined technique and deep feeling. The purity of his instrument stands out even in the midst of the most complex musical structure, looking as if it were a spontaneous exaltation of sound itself and its musical artifices.

His artistic vein runs in the family, from his father Sócrates Gabriel, who was the director of El Combo Candela, a group that had an impact on Dominican popular music in the 70s. "I learned everything from him," Sandy says. . At the age of 14 he began to study with his father the instrument he plays today, inheriting a strong vocation for music.

Sandy's resume is extensive, so we'll summarize a bit, noting that he was a 2003 National Music Award winner in Jazz; he has represented our country participating in different jazz festivals abroad, among them: Borinquen Jazz Festival and Heineken Jazz in Puerto Rico; the Ramajay Jazz Festival of Trinidad & Tobago; the Caribbean Jazz Festival of Honduras; The Caribbean Sea Jazz Festival in Aruba. In addition, he has had multiple presentations at local festivals, such as the Dominican Republic Jazz Festival, Casa de Teatro International Jazz Festival, Punta Cana-Bávaro Jazz Festival, Restauración International Jazz Festival. Also the South Florida Dominican Jazz Festival in Miami. Let us add that he has participated in the recording of the music of a considerable sample of films filmed in our country in recent years.

Sandy Gabriel has participated in more than one hundred musical productions by national and international artists, including: Julio Iglesias, Juan Luis Guerra, Chichi Peralta, Pavel Núñez, Enmanuel, Víctor Víctor, Maridalia Hernández, Olga Tañón, Elvis Crespo, Manuel Tejada, Jorge Taveras, Pengbian Sang and Chichi Peralta. In 2008 he was the musical producer of the project Big Band Núñez and José Feliciano. In 2010 he performed at the first concert of the World Jazz Circuit Latin America opening the presentation for Alex Acuña, John Patitucci and Edward Simon; he recorded in the album A Son de Guerra by Juan Luis Guerra and 4-40; he was invited to play at the Dave Grusin and Lee Ritenour concert.

In 2011 he released his first musical production titled Jazzeando. The release concert for this album was held at the Eduardo Brito National Theater in Santo Domingo, and was the winner of the Casandra Awards in the Concert of the Year category.

We asked Sandy a few questions, taking advantage of the fact that he is immersed in several projects. His answers make up this interview that is published in two parts.

----- 0 -----

Jazz en Dominicana (JenD): We started the interview by asking, who is Sandy Gabriel according to Sandy Gabriel?

Sandy Gabriel (SG): Well, simple, Sandy Gabriel is a saxophonist, arranger, composer and music producer, born into a musical family, who has inherited the legacy of his father Sócrates Gabriel and will continue to honor and proudly represent his Dominican identity before the world.

JenD: Where were you born and raised?

SG: I was born in the city of Nagua, where I lived until the age of 14, then we moved to the city of Puerto Plata where I grew up and finished my elementary music studies with my lifelong teacher, my dear father.

JenD: How did you start in music?

SG: Everything was spontaneous, without pressure…all natural: I grew up looking at all kinds of musical instruments at home, listening to a lot of music. Since the beginning of the 70s, my father had the privilege of touring the United States and began to bring all kinds of music from jazz, pop, rock, traditional jazz and all the jazz greats of the time, in that environment I was growing up and that's where my love for jazz begins.

JenD: How did you arrive at the saxophone?

SG: As you know, my father's main instrument was the saxophone, although he also played a little piano and guitar, and I, at certain times, put my hands on his instrument when he wasn't home. My mother told me: "boy, you are going to damage that instrument, don't put your hands on it". One day my father leaves the house and returns in a few minutes and there he finds me with the instrument in my hands, and from there he told me, "let's see if you like it, if I see that you're making progress on it, I'll buy you one, meanwhile we are going to start with mine". We did so and the progress was such that he bought me my own saxophone at the age of 10.

JenD: Who have been your influencers?

SG: My first influence was my father, then he introduced me to Tavito Vásquez, then I got to know the work of Charlie Parker, John Coltrane and Cannonball Adderley; Later I came across my lifelong inspiration, the great Michael Brecker.

JenD: Sandy, how does it feel to play music?

SG: Peace, freedom of expression, tenderness; In addition, everything will depend on the place, the setup at the time, that will give you the connection.

JenD: What teachers helped you get to the levels you are at today? Where and how were your studies?

SG: I had only one teacher - from scratch - and it was my father. Later I took some private master classes in the

United States; and to obtain a Bachelor's degree in Arrangement, Composition and Production and Harmony, I had Corey Allen as my main teacher.

JenD: You move between classical, jazz, popular. How easy or difficult can it be?

SG: I think that each musical genre is a challenge and I try to enter and get as close as possible to what I have to interpret, in each moment and each scenario. I fully enjoy each genre, I think that everything is in your head, in locating yourself and knowing what you are getting into, at all times.

JenD: You've been playing for a long time, and in many styles and genres. How have these musical adventures been?

SG: I carry each adventure inside my heart, each moment, whether it is good, bad, excellent, average, etc., is a life experience. The simple fact of locating yourself and respecting what you are going to play at that moment transports you to extrapolar levels, everything will depend with what level of respect and concentration you take it with, this will make it remain embodied-forever-in your heart as an experience new.

JenD: What does Sandy Gabriel & Puerto Plata Jazz Ensemble mean to you?

SG: Talking about this band is talking about a brotherhood, which we have maintained for many years, where there is always a musical collaboration from each one of the members. Since our beginnings it has been like this, we have achieved such synchronization that, with just one look, we already know where we should go. I think the term Jazz Ensemble defines us quite a bit.

JenD: Name some of the bands you've played with as a member or leader, their styles or genres, and what these were for you.

SG: I have been part of many bands of excellent musical and human quality at the same time, among which I can mention: Bule Luna y Aravá, Rafelito Mirabal y Sistema Temperado, Los Padres de la Patria, Materia Prima. These are jazz bands. At the popular level, I belonged to the bands of Juan Luis Guerra, Chichi Peralta, Pavel Núñez, Xiomara Fortuna, Maridalia Hernández, among others.

JenD: Do you practice a lot? What routines do you use and recommend to improve musical skills?

SG: The truth is, I've never been one to practice much, I do listen to a lot of music daily from different genres and I update myself with everything that comes out at the jazz level around the world. If I'm out of town, I make a selection of what I want to listen to at the time.

JenD: Which albums have influenced you?

SG: Some of the first were Charlie Parker with Strings, John Coltrane - Giant Steps, Michael Brecker - Tales

From The Hudson... those of Paquito D'Rivera, Spyro Gyra, The Yellowjackets, they have all influenced me since I started in the world of music. . A very important album for me was 80/81 by Pat Metheny; and, speaking of Dominicans, definitely Tavito Vásquez, the album called Saxo Merengues Instrumentales.

JenD: Speaking of albums, what has Jazzeando meant to you?

SG: This first album has marked a before and after for my career. Although I have recorded for different bands for years - from merengue, jazz, fusion and different musical styles - it is not the same as making your own record work, with all its original songs, composed and arranged by yourself, this is like seeing being born a new son and the truth that has projected me nationally and internationally, as a letter of introduction, which has opened doors in important festivals and jazz venues.

In addition, this album marked a before and after as far as Dominican jazz is concerned, since it obtained 2 nominations for the most important Dominican awards in the Dominican Republic and part of the Caribbean: the Casandra Awards. In addition to being nominated along with other musical genres, being awarded is quite an important achievement for us, bringing jazz to the most important venue in the country: Eduardo Brito National Theater.

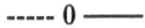

We reached the end of this first part of the interview. The second will deal with topics such as The Dominican Jazz

Project, his opinions on various issues, and his plans for this year.

2 of 2

Sandy Gabriel is known for the particular sound that his sax has given to jazz that is made in the Dominican Republic. The artist, born in 1972, expresses that "the qualities one must have to play his instrument are: discipline, a good teacher, curiosity and being up-to-date with new technologies", and adds listening to a lot of music.

In the second part of this interesting encounter with Sandy, we are going to refer to some aspects of his life in music, such as The Dominican Jazz Project.

----- 0 -----

Jazz en Dominicana (JenD): What is The Dominican Jazz Project? What importance do you see in their performance tours and master classes?

Sandy Gabriel (SG): This is a very important musical project that has opened many international doors for us in important clubs and universities where we have exhibited these fusions of Dominican roots with jazz at the highest level. The group is made up of Dominican and North American musicians, with whom we have made two important musical productions with totally original themes and based on our Dominican roots. We have many international plans with this band, which we paralyzed due to the pandemic; but, God willing, this year we will resume everything again. It will be a year of many fruits for us.

JenD: How have you evolved since your beginnings?

SG: I would say that from my beginnings to date there has been a lot of musical evolution, although our goal is to continue learning every day.

JenD: What music do you listen to these days?

SG: Everything. All good music, regardless of musical genre, is part of my playlist. It is what always keeps me updated, because I not only record and play jazz, I also live recording different genres and listening to everything keeps me up to date; obviously, as long as it's done right.

JenD: Do you understand that there is a Dominican jazz?

SG: Of course I do. Notice that we Dominicans have even dared to include the accordion, güira and tambora in jazz, this is just to give you a simple example of how we have fused jazz with our music, this makes a Dominican jazz exist. In fact, in my musical productions, including those of The Dominican Jazz Project, there are merengues fused with jazz and not only that, but there is also the mangulina, the carabiné, the salves and other autochthonous expressions, they are part of the fusions of jazz that we perform, therefore, we can say with great propriety that yes, there has been a Dominican jazz for years.

JenD: And what does that jazz need to grow, to maintain itself, to spread and make itself known?

SG: That we continue to produce good music, especially original, fused with our native rhythms. It is what identifies us anywhere in the world. I can assure you that only Dominicans can give that rhythmic touch to the tambora and the accordion within those fusions, since, in other countries, even if they try to include these Dominican rhythmic elements, it will never sound like we do, with great honor, humility and property.

JenD: How important is our folkloric heritage in Dominican-style jazz?

SG: The first thing is that our folk heritage is quite rich rhythmically speaking. In my case, I base myself, first, on the rhythm to blend with any jazz harmony. Note that the rhythm is what defines a musical theme, in the sense of being able to decipher to which musical genre it belongs. Clarifying, it is not that a single harmony does not define a musical genre, but for those who do not know about music, it is easier to define X musical genre. For this reason, our musical heritage, for being so diverse and rhythmically happy, helps us to better define our Dominican jazz.

JenD: If you could change one thing in the world of music, and it could become a reality, what would it be?

SG: I would trade all bad music for good!

Please reply the first thing that comes to mind.

Sandy Gabriel.

SG: Humility, perseverance, persistence, faith, son of God.

North Zone.

SG: My roots, my essence, my years of apprenticeship, studies, school of life.

Our youth.

SG: In constant ascent, learning, movement, promising future.

JenD: Who would you or would you like to play with?

SG: With Pat Metheny, Chick Corea, Michael Brecker.

JenD: What are your plans for Sandy Gabriel in 2022?

SG: This 2022 has entered with a lot of good vibes and positive energy. In January, I just did a couple of musical performances with our band in Madrid, Spain, representing our country in style. It fills me with great pride that they have chosen us to bring our music to those lands, in the midst of the most important tourist fair in the world at the moment.

Something that I cannot stop talking about is the new musical production, which is my most emblematic production, due to the high level of special guests with whom I have been blessed to have: Arturo Sandoval, Ivan Lins and Maridalia Hernández, Nestor Torres and Milton Salcedo, Danny Rivera, Jose Antonio Molina and the National Symphony Orchestra, Rafael Solano, Ernán Lopez-Nussa, Guarionex Aquino, El Prodigio and a sample of the best musicians in our country, which will be on the market this 2022 if God allows it. Later I will provide more details of what I have achieved with this production, which will be called Sandy Gabriel & Friends.

JenD: What would you like to add and share with our readers?

SG: That I am very pleased to always be able to provide you with good music, despite how corrupt the media that project music today are, I will always continue betting on respect for the public, trying to give my whole heart on each stage where I have the privilege to act.

----- 0 -----

It has been a fruitful interview, we enjoyed it very much. Thanks to Sandy for taking time out of your busy

schedule to share with us and your fans.

The QR code above will take you to the most recent album by The Dominican Jazz Project, Desde Lejos, allowing you to be able to listen to it on your cell phone or smart device.

Angel Irizarry

1 of 2

As a child he would go to see the greats playing at Jazz en Dominicana at Casa de Teatro and from afar at the Fiesta Sunset Jazz. Some time later he performed on the stages at our venues. Since then we have followed the career of Belkys' son, who has always been constantly growing in music through search, experimentation and exploration.

This is Angel Irizarry Almonte, a native of Santo Domingo. He is a Dominican artist with 11 years of experience as a teacher in the Dominican Republic, work that he continued in the United States. He graduated from the Santo Domingo National Conservatory of Music with a major in popular guitar and jazz composition at Berklee College of Music, where he had the support of the Latin Grammy Cultural Foundation, leading to a career as a guitarist for different bands and as a studio musician.

Influenced by styles such as classic jazz, latin, blues and rock, Angel has heard a call to compose and produce through many explorations, leading him to create for different musical projects and audiovisual productions.

We begin by publishing this first part of the result of our meeting.

Jazz en Dominicana (JenD): Who is Ángel Irizarry according to Ángel Irizarry?

Angel Irizarry (AI): Angel is an empathetic and curious person, whose quality has allowed him to have an inclination for music and start on the guitar, moving on to composition and production.

JenD: How did you start in music? Why the guitar?

AI: Well, in my high school days I shared with several friends with whom I listened mostly to rock and blues (Clapton, Santana, Linkin Park, System Of A Down). And the guitar was a choice influenced by my friends and the musical styles we listened to. In one season, I had just finished doing my summer jobs, and with the savings I decided to buy my first classical guitar that, to this day, I still have.

JenD: Who has influenced you?

AI: Well, apart from artists like Scofield, Benson and Coltrane, friends and teachers like Elvin Rodríguez, Jaques Martínez and Christina Díaz. They were the ones that really sparked my curiosity.

JenD: Which albums have influenced you?

AI: It's always hard to choose, but I think each period of my life has had a different focus and taste. I could say they are, I Can See Your House From Here - Metheny & Scofield, Kind of Blue - Miles Davis, Unplugged - Alejandro Sanz, Black-Messiah - D'Angelo.

JenD: How did you start your studies?

AI: After getting my first guitar, I started practicing with my friends, then I started looking for teachers until I got to the Jacqueline Huguet music academy, where I prepared to enter the National Conservatory of Music.

JenD: What were your experiences like at the Conservatory and then at Berklee?

AI: They are two institutions where I had great growth. The Conservatory means to me the cradle of my curiosity and Berklee is the expansion of possibilities. At the Conservatory I was absorbing and sharing so much information that there was no time to waste: musical projects with friends, composing a lot... a lot of fun in the process. This gave me the foundation to be ready for Berklee.

At Berklee you feel that you have arrived at a Disneyland for musicians, apart from the great diversity of specialties, in all seasons of the year there are activities that help you grow in your career. Something that I value a lot is that you get to know so many people from so many parts of the world that you also absorb their culture. In my case, I studied jazz composition, whenever I could I added elements of my roots as a Dominican and that also influenced my classmates.

Eventually, out of so much curiosity, I took a lot of music production knowledge with me by doing a double degree with the CWP career. In short, they were experiences that have added up to give me more clarity about what I want to do with my career and how to execute those ideas.

I have to say that if I hadn't stepped foot in Berklee, I might not have met my best friends, the love of my life, had a direct participation in the Latin Grammys and many other things. I can only add that I am grateful for each experience.

JenD: What music genres do you prefer and why?

AI: Rock, jazz, pop and impressionism. Well, each of these really are languages that I have appreciated while growing up. Rock and jazz have a very strong base in the blues, and it eventually mixes with what is the pop of each generation. It's very interesting to see how 'pop' changes in each decade. And about impressionism, I feel that it is the climax of classical music, where you can find such fantastic ideas but so real at the same time. In the same way, impressionism has harmonically influenced jazz, which I think helps to close a great circle between these genres or languages.

JenD: You've been playing many styles and genres with various groups. How has this practice helped you?

AI: Well, each situation is different. Having that versatility helps to be more prepared for any moment when it comes to playing, composing, arranging and producing.

JenD: Do you think you already have your style, your sound?

AI: I don't think so. There are so many things unsaid that we still have to discover what is that voice that really defines me.

JenD: You have already led several musical projects, Té de Tilo, CariJazz RD, Irizarry & Roots, Angel Irizarry Trío… Can you share with our readers about these?

AI: Well, each of these projects have emerged at different stages of my life and in different places. Each one has had their focus on jazz, but at the same time with each one I have learned different things; not only musically, but connecting: with the band, with the public, with the establishments where we perform. In the end, that's what people are looking for.

Thus we come to the end of the first part of our encounter.

We have witnessed the opening of a completely new world, receiving more influences every day, from classical music to South American folk; from his Afro-Caribbean and Latin roots, to avant-garde and contemporary jazz. This is how Angel has been formed, who shares his adventures and learning with us.

Whether he's a freelance musician - arranging, leading his band, supplying music for film, radio, television and new media - or composing original music for Women in the Wild or preparing courses like Music Theory for everyone, Ángel keeps a busy train of lifetime. That is why we are very grateful for the time he has taken to answer our questions.

Let's continue with the second and last part of the "chat" held with Angel Irizarry Almonte.

Jazz en Dominicana (JenD): How does the process occur when it comes to composing? Which topics do you consider your favorites, and why?

Angel Irizarry (AI): Well, ever since I picked up the guitar for the first time I have always tried to create original melodies and that has been what has fascinated me the most. About the composition process, it is different in each case. One can work by inspiration or by intention. In most cases I feel good with the guitar, pencil and paper, because that's how I learned and I'm more relaxed that way. One must rely on his "regulation weapons". Eventually one learns to use other tools, ideas and resources that help shape the work better. Whether it be software or audio production techniques, a counterpoint or harmony book, and even a catalog of plastic arts or a book of poems. Everything influences, but I really think that the most relevant compositions come from the creator's own life experience. The important thing is to know what works for you.

One of my favorite songs is Palo To, it has many elements that make me feel proud, for being able to represent in a single work, my influences from jazz, rock, Latin style and elements of Dominican music.

JenD: In addition to your chores, you have added film composition and education through workshops. Tell us.

AI: These are projects that started with simple ideas years ago. When Ana Ortiz Wienquen (my wife) and I met at Berklee, we not only began a loving relationship, but we also saw that we have the vision that good things must be shared. Ana has influenced me a lot regarding musical production for film and audiovisuals, she has been my cornerstone in a personal and professional way.

In the summer of 2021 we produced the Film Music: Intro workshop, taught at M33 Audio Studio, where we carried out a mixed modality, face-to-face / online. The purpose of the workshop was to show Dominican composers the different composition opportunities and techniques within the music/film market. We realized that in the Dominican Republic there is a lot of curiosity regarding this topic and it is possible that in the future we will repeat this workshop.

JenD: Last November (2021) you taught the Music Theory course for everyone. How did you think of him? How did it go?

AI: Well, it arose from people's need to have a clearer idea of how music works, from the fundamental point of view. I have noticed a pattern that is repeated everywhere, music schools, universities, on the street. People are afraid or hate music theory and it honestly breaks my heart. Unfortunately the educational system in general is based on the way of teaching 100 years ago. But that is already changing, although it still does not reach all institutions.

This workshop seeks to make learning, for everyone, a little more interesting and inclusive, no matter if you have musical experience or not. It is taught by giving more participation and removing taboos that the theory is difficult. The problem is that without the immediate practice of this information, those ideas remain on paper. Experience-based learning is more effective than repeating instructions over and over again.

JenD: For you, what is Afro Dominican jazz? Does Afro Dominican Jazz exist today?

AI: For me it is the mixture between the Dominican roots and the influence of jazz that has reached so many parts of the world, destined to mix with each culture. I feel like it's been around for a long time, since the days of Luis "Terror" Días, Toné Vicioso and Xiomara Fortuna. The only difference is that this generation may have more reach due to the evolution of music distribution. Taking into account that if there is now a young generation that is influenced by the artists mentioned above, I say that, yes, it exists and I am very interested to see how it can evolve over the years.

Answer the first thing that comes to mind.

Angel Irizarry.

AI: Curious.

Belkys Almonte.

AI: Friend.

Berklee.

AI: Mold.

Ana.

AI: Future.

JenD: What music do you listen to these days?

AI: D'Angelo, 23 Collective, Moonchild.

JenD: What do you see as the next phase in music for you?

AI: The last couple of years have been very uncertain for most of the world, but the important thing is to execute a plan little by little. I am always composing to enlarge my musical catalog and also making specialized music for jingles and other audiovisual productions. The goal is to reach the big screen, video games, TV in general, productions on any scale.

JenD: You will be releasing a new single these days. What is it about?

AI: On April 22 of this year, one of my new compositions Desde Adentro will be released. It is somewhat different from Momento in terms of format, interpretation and style. From Inside it has many of my well-marked influences from that moment in which I wrote it. They will be able to listen to a lot of rock, merengue, gaga, R&B. Each section is a different space within a piece of music. And the message it carries is aggressive, many times we only see what is in plain sight but a person carries a world with many scenarios inside, a lot of disorder and chaos that are part of each one. We just learn to embrace that and be able to ride on that mess to move forward.

JenD: Who is part of the Desde Adentro production?

AI: I have Ivanna Cuesta on drums, Dana Roth on bass, Estefanía Núñez on piano, Eudy Ramírez on percussion. Also counting on Laura Agudelo as recording engineer and Abner Cabrera as mixing and mastering engineer.

JenD: What other plans are there for Ángel in 2022?

AI: I am currently teaching a course on fundamentals of music and sound for students of game and app design at ITLA. Also, I have collaborations with local artists that will be released throughout the year. Some personal releases will also be seeing the light, as well as the publication of previous works of different short films and music from my personal project.

JenD: Finally, what else would you like to share with our readers?

AI: First, thank Fernando Rodriguez De Mondesert and Jazz en Dominicana for the years that you have been making the world know about jazz from our backyard. And I say goodbye inviting you to my website, angelirizarrymusic.com, where I will be sharing future projects.

Fernando Rodriguez De Mondesert

By
clicking on the above QR you can enjoy his original composition Momento on Spotify.

Federico Mendez

Each interview we conduct becomes a unique experience, in the same way that each interviewee is unique, people with special gifts and talents, which they use to make a better country and world.

In the course of it, they open their hearts and allow us to get to know them up close and endorse that they are special human beings. It is what we try to convey. We hope to achieve it.

The guest of the third installment of the Jazz en Dominicana Interviews series for 2022 is guitarist, composer, arranger, producer, bandleader and educator Federico Mendez.

Federico is a graduate of the University of Georgia and Berklee College of Music. He is one of the most requested guitarists on the music scene in our country. He has participated in numerous recordings, musicals and important shows. He has worked with Danny Rivera, Arturo Sandoval, Eumir Deodato, José Feliciano, Luis Fonsi, Juanes, Milly Quezada, Olga Tañon, Cumbia Kings, Jandy Feliz, Joseph Fonseca, Manny Manuel, Ilegales, Los Hermanos Rosario, Eddy Herrera, Gissel, Michel El Buenón, Fernando Villalona, Héctor Acosta, Sergio Vargas, Frank Ceara and many more.

He is currently a member of the well-known band Retro Jazz and a professor at the International School of Contemporary Music at Pedro Henríquez Ureña University (UNPHU).

Jazz en Dominicana (JenD): Who is Federico Méndez according to Federico Méndez?

Federico Méndez (FM): Fede the musician, the teacher, the father. Just like that.

JenD: Where were you born and raised?

FM: I am a Dominican "by pure knowledge". I was born and raised in Santo Domingo, where I lived until I was 21 years old.

JenD: How did you start in music?

FM: From an early age at home, I had piano lessons, first, and then guitar. Also, I was interested in percussion for a while. Then, as a teenager, I started playing guitar in Christian groups.

JenD: How did you get into the guitar?

FM: Since I was a child, my father had guitars and I put my hands on them from time to time.

JenD: Who influenced you?

FM: Uff… well, many artists and teachers. To name a few, my teacher John Southerland, my teacher Jim Kelly, Pat Metheny, John Scofield, Mike Stern, Sonny Rollins...

JenD: What teachers helped you progress to the levels you've reached today? Where and how were your studies?

FM: When I left school, I studied at INTEC. There I graduated with honors as a civil engineer. Then, through a Rotarla scholarship, I studied classical guitar at the University of Georgia with John Southerland. There I obtained my first diploma in music. It was in Georgia where I developed in many American genres. I was always versatile, I love all genres. There I had the opportunity to play blues, funk, R&B and gospel in a black Baptist church; also, in another white church, with Latin jazz, jazz bands, with the university big band, the steel drums band, with Broadway musicals in community theaters and various formats of classical ensembles and orchestras. I got my first degree in Performance. It was a great experience. I then went on to Berklee College of Music to further my studies in jazz, composition, and arrangement, graduating with a Bachelor of Professional Music. Then I moved to Santo Domingo, again, in 2002.

JenD: You've been playing for a long time, and in many styles and genres over the years. How have these musical adventures been?

FM: Spectacular, like I said, I love all genres, I'm always learning something new.

JenD: What does Retro Jazz mean to you?

FM: It's a wonderful project, together with wonderful friends, I'm honored to be a part of it.

JenD: What bands have you played in as a member or leader, their styles or genres, and what have they meant to you?

FM: Well, a large part of my career has been spent recording guitars in many national and international productions. I think that more than playing in groups, recording has been the main thing. I have recorded for Olga Tañon, Gissel, Manny Manuel, Sergio Vargas, Johnny Ventura, Jandy Feliz, Los Hermanos Rosario, Eddy Herrera, Hector Acosta, José Feliciano, Ilegales, Danny Rivera, Gilberto Santa Rosa, Daniel Santa Cruz, Adalgisa Pantaleon and others. , Thanks god. As for gigs, I am still very active in international shows that are held in the country. Other important projects have been the Santo Domingo Jazz Big Band and Retro Jazz. I played with Lauryn Hill and The Fugees. That was interesting.

JenD: Do you practice a lot? What routines do you use and recommend to improve musical skills?

FM: Right now, to be honest, not so much; but in the 90s I practiced like crazy: 8 hours a day and more. Now I am dedicated to teaching and arranging and composing.

JenD: Which albums influenced you?

FM: It would be a long list. I have listened and studied so much music. All the classic jazz albums by Miles Davis and his great groups, for example Kind of Blue, Cookin´, Milestones, Birth of the Cool, etc. Those of Coltrane and Bill Evans too. The ones from the Pat Metheny Group, mainly the old ones, from the 80s. The classics...etc.

JenD: What music do you listen to these days?

FM: Classical music, traditional jazz, modern jazz and a bit of everything.

JenD: For you, what is the balance between music, intellect and soul?

FM: Well, that must be like the Holy Trinity: Father, Son and Holy Spirit. All equally important, with a specific role at a specific time.

JenD: You play, you arrange, you compose, you teach; what does each thing mean to you?

FM: Everything is music, I enjoy everything, everything gives me great satisfaction. For example, teaching is wonderful, it gives you many friends.

JenD: You are currently a professor at the UNPHU School of Contemporary Music. How do you see the talent that is emerging and preparing for the future?

FM: This is a musical country, with many talents. We are doing very well and we are making a great contribution that, in a few years, will change the music scene in our country. They will no longer be just a handful of musicians, we will have an advanced musical culture and preparation and our music will be better.

JenD: "Son of a cat hunts mice" goes the saying. Your son has followed in your footsteps in music; What can you tell us about him and his generation? What does it mean to you?

FM: It is with great pride, as you say, the talent is immense in this generation and there are many more opportunities and resources for the boys.

JenD: If you could change one thing in the world of music, what would it be?

FM: Well, I would do something with urban music. It's so toxic. But I really don't know what.

Opinions.

JenD: What is your opinion about the current state of jazz in our country?

FM: For me, everything that is culture and art form in our country is in crisis due to the lack of support and the lack of general culture in the consumer. But we are a little better. Also, that the pandemic did us great damage.

What do you think of festivals, of live jazz venues?

FM: Jazz en Dominicana is doing a great job; but outside of that, there isn't much.

And what do you say about the media and jazz (written, radio, digital, social networks)?

FM: In my opinion, except for a couple of programs, zero support.

JenD: What do you see as the next musical frontier for you?

FM: I want to make a record with my big band arrangements with an international orchestra. We'll see when it will be possible... and yes, it will be possible.

JenD: What plans are there for Federico Méndez in 2022?

FM: Push forward and continue teaching.

----- 0 -----

Thanks to Federico for his time. We congratulate him on the excellent work he is doing as a musician and educator-where he leaves everything, gives everything-so that we can enjoy the relay towers that will contribute to the musical future of the country. Before "letting go" we asked him to add something else to share with our readers, to which he replied:

Fernando Rodriguez De Mondesert

Support jazz and good music.

In the QR above you can find the participation of Federico Méndez in the album: Jazzeando el Cancionero Dominicano, Vol. 1 by Retro Jazz.

Jose Alberto Urena

Some time ago saxophonist Jonatan Piña Duluc introduced a new member to his Piña Duluc Project, pianist Jose Alberto Ureña. I was immediately fascinated with his way of playing the instrument, his passion and energy, his contribution to the group. When following up on him, I noticed that he was a member of the Los Lunes de Jazz house band and of his own group with which he released his first recording in 2020.

It is an honor for me, and for Jazz en Dominicana, to publish our "encounter" with Jose Alberto Ureña, who was born in Santiago de los Caballeros. In addition to being a pianist and keyboardist, he is a composer and producer. He began his music studies at the Hogar de la Armonía School. He also studied classical music at the Institute of Culture and Art (ICA); has participated in various music programs taught by the Berklee College of Music in 2014 and 2015. And, has participated in different national classical music competitions in which he has obtained first place.

He has a degree in General Psychology from the Pontificia Universidad Católica Madre y Maestra (PUCMM). In 2020 he released his first album entitled Segundo Viaje, with 6 instrumental songs that cover jazz fusion, swing and other styles.

We thus commence with the interview:

Jazz en Dominicana (JenD): We started the interview by asking, who is José Alberto Ureña according to Jose Alberto Ureña?

Jose Alberto Ureña (JAR): Jose Alberto Ureña is a young pianist from Santiago de los Caballeros, who has a great desire to grow musically, both as a performer and as a producer.

JenD: How did you get started in music? …on the piano?

JAR: My father was a musician -a hobby guitarist- and I was always intrigued to learn an instrument. I started with the transverse flute, but after a short time I switched to the piano and I was totally enchanted with this instrument.

JenD: Who influenced you?

JAR: Eldar Djangirov, Kemuel Roig, Gonzalo Rubalcaba, Oscar Peterson, Randy Waldman.

JenD: Which teachers helped you progress to the levels you are at today?

JAR: The teachers who contributed the most to my musical growth were Karelia Escalante and Cathy Disla Eli. The academic part of me was mainly classical music and then I started to get into jazz.

JenD: How has playing different styles and genres with different bands impacted you?

JAR: Knowing a little about different musical genres contributes to your performance as a pianist and to your way of understanding music. Knowing different styles helps me to be able to implement resources from one genre to another, which makes me give personality to the way I play.

JenD: What styles or genres do you like the most?

JAR: Salsa, timba, jazz.

JenD: What bands have you played with, and what have they meant to you?

JAR: Patricia Pereyra, Chichí Peralta, Jonatan Piña, Sandy Gabriel. These have meant a lot to me, because I have been able to see these groups when I was younger and appreciated their music.

JenD: Do you think you already have your style…your sound?

JAR: I understand that I have a particular sound, mainly when it comes to "solear", based on the musical influences that I mentioned before. As an accompanist I understand that I easily adapt to the group that I am accompanying.

JenD: How has your music evolved?

JAR: In the short time that I have in music I feel that I have grown quite a bit both as a performer and as a composer, because I feel that the way I interpret and play the piano has now matured.

JenD: How did your own band come about?

JAR: For a few years I have played in several groups as an accompanist and I had always wanted to have a jazz group in which the piano is the main instrument. Many times I played in presentations that the opportunity arose, but I had not been able to perform pieces of my own. After launching my production, I decided to make this wish come true. I was recently able to form a jazz trio made up of Jason Paulino on drums and Kendrix Peña on bass, with whom we play my arrangements and pieces from other groups.

JenD: What has Second Voyage meant to you?

JAR: This production was very important, because I composed part of these songs working on a cruise as a musician and I took my free time to compose. Despite the fact that they are very elaborate compositions in terms of production, I have adapted them to the jazz trio in a very interesting way.

JenD: Does Afro Dominican jazz exist today?

JAR: I understand that it does exist. It is the union of musical patterns from our roots with elements of jazz.

JenD: What music albums have influenced you?

JAR: Letter From Home by Pat Metheny), We Get Request by Oscar Peterson, UnReel by Randy Waldman, Breakthrough Eldar Djangirov.

JenD: What music do you listen to these days?

JAR: Isaac Delgado, Pat Metheny.

JenD: For you, what is the balance between music, intellect and soul?

JAR: I believe that the soul is the balance between these three elements. because being that abstract part that basically makes us feel or think as a person, we can interpret the music.

Opinions.

JenD: What do you think about the current state of jazz in our country?

JAR: I feel that there is a lot to give of jazz in the country, a lot of youth immersed in this genre despite the fact that it is not the most commercial.

JenD: Tell me about festivals, venues where jazz is played live.

JAR: Both in Santiago and Santo Domingo, jazz is given an important space. There are constantly events that are propelling it towards different audiences.

JenD: What about the media and jazz (print, radio, digital and social)?

JAR: Despite the fact that there are spaces, pages on the Internet, etc., I understand that more support should be given in the media for this genre, since most of them focus on show business and there could be more weight, since I understand that jazz is a genre that contributes a lot to other genres.

JenD: What are your plans for 2022?

JAR: I'm in the process of developing a lo-fi jazz album; Also, I will be releasing a live album with the jazz trio soon.

JenD: Do you have anything else you want to share with our readers?

JAR: I would like to thank you for taking my talent into account. It is a great pleasure to know that you enjoy my compositions and my way of playing. This interview continues to motivate me to continue growing.

You may enjoy his album Segundo Viaje by use of the QR above, which will take you to listen to it on Spotify:

Wilfred Reyes

We continue to highlight the pool of young talents from our Ciudad Corazón - that's what we call Santiago de los Caballeros in the Dominican Republic. We thus present the result of the chat we had with drummer Wilfredo "Wilfred" Reyes.

He was born in Santiago de los Caballeros, Dominican Republic. He is the son of parents who sing, he was interested in music from the age of 15, beginning to take drum classes with the renowned Arnaldo Acosta, when he was between 18 and 20 years old. He also took classes at the Municipal Academy of Music and private lessons with other teachers: Pedro Checo and Ezequiel Francisco. During his career, like him, he has had the opportunity to participate with renowned national artists, such as Sonido de Gracia, musicians from Lunes de Jazz, Abby Lama, Samuel González and foreigners such as Aventura, Braulio and Josh Davis, among others.

Wildrums was born in 2010, a project where he creates and fuses rhythms and sounds, with percussion instruments and technology. Aimed at all kinds of events, making your celebration memorable, providing the perfect music with excellence. In 2019 he had the opportunity to produce and record his first jazz and fusion record production, which is called Unknown Location.

The following is the interview with Wilfred Reyes or Wildrums.

Jazz en Dominicana (JenD): ¿Who is Wilfred Reyes according to Wilfred Reyes?

Wilfred Reyes (WR): Wilfredo is a son of God, an electric person, who is always doing something, always willing, helpful and loving, husband and father of 3 children, has a good sense of humor, firm character, lover of animals; He likes to spend time at home, but also to travel and get to know other peoples and cultures.

JenD: ¿How did you start in music and why the drums?

WR: I started taking saxophone classes at the school where I studied, but as the classes progressed, it got complicated because I needed a saxophone to practice, because the one I used was Orlando López's, the teacher, and my parents couldn't buy one for me. at that moment. There the opportunity arose to play the snare drum in the school music band, which I joined months later. Then they gave a drum set to the church I attended and I offered to play it.

JenD: ¿Who influenced you?

WR: Arnaldo Acosta, Pedro Checo, Ezequiel Francisco, Guy Frómeta, Neftali Louis, Vinnie Colaiuta, Steve Gadd, Dave Weckl, among others.

JenD: Tell me about your studies.

WR: My first lessons were with Arnaldo Acosta, then I studied at the Municipal Academy. Right away, I took classes with Pedro Checo and Ezequiel Francisco.

JenD: You've been playing many styles and genres with various groups. ¿How have you helped yourself?

WR: I understand that, like food, you have to achieve an exquisite flavor by properly mixing the seasonings and putting everything just right. Thus in music, the diversity of genres provides richness and a vocabulary to add value.

JenD: ¿What styles and genres have you played?

WR: I have had the opportunity to participate with well-known national and international artists who have worked in fusion, such as worship and others; Latin pop, bachata and rock.

JenD: ¿Do you think you already have your style…your sound?

WR: I think so. Each one of us has a voice and just as the human voice is transformed in the process of development, our style and sound is maturing and receiving that maturity that only comes with time.

JenD: Tell me about Wildrums.

WR: After my desire to conjugate in a single word what I am passionate about with my name, the idea of Wildrums (Wil from Wilfredo, drums of drums, drum kits) arose, to give character and formality to the ideas that were arriving at that moment. .

JenD: ¿How do you feel about creating and leading your own band? Who make it up?

WR: It's a tremendous responsibility. Being a leader is an enormous privilege, because it is not only about commanding and directing others, but about being an example. I am accompanied by some very talented and prepared young people: Melvin Rodríguez (Guitar), Smarlly Belliard (Piano), Josué Peguero (Bass) and Samuel Hernández (Saxophone).

JenD: In 2019 you released your first record production, Unknown Location, ¿what did it mean to you?

WR: It has been very emotional to be able to see so many dreams and desires embodied in these tracks, after a long time of working and contributing to the dreams of others. Being able to dedicate this time and resources to materialize some of mine is gratifying and challenges me to continue working and improving myself.

JenD: ¿Why the title of Unknown Location?

WR: It occurred to me because by having different rhythms and styles on this album, we weren't in a specific location, but there is diversity: swing, smooth, funk, among others.

JenD: ¿What do you expect from this production?

WR: I think it is and will be a reference for some. As the saying goes "what is written, is not forgotten", in music it would be, "what is recorded, is not forgotten", and we hope that everyone who listens to it can enjoy the fusions and be transported to the different locations with the rhythms, colors and freshness that Unknown Location contains.

JenD: ¿What songs were special to you?

WR: Among the specials for me, in album order, are the #7 track, Route, followed by #4, Jesus Is All, and #1, One Way G-Sus.

JenD: ¿What is Afro Dominican jazz for you? Exists?

WR: For me, Afro Dominican Jazz is the result of the mixture of our folk culture and its influences with modern jazz, and it does exist today, with tremendous exponents and ambassadors of this, we have Proyecto Piña Duluc, Josean Jacobo, among other excellent representatives.

JenD: ¿Which albums have influenced you?

WR: I Can See Your House From Here (John Scofield-Pat Metheny), Ten Summoner's Tales (Sting), Heads Up

(Dave Weckl), Jing Chi (Vinnie Colaiuta, Robben Ford, Jimmy Haslip), among others.

JenD: ¿What music do you listen to these days?

WR: Currently I listen to almost everything a bit: jazz, Afro Cuban, Afro Dominican, rock, pop, classical, among others, with the exception of some genres, whose lyrical content is not in accordance with what I believe and practice.

Opinions.

JenD: ¿What is your opinion about the current state of jazz in our country?

WR: I understand that it has been maintained and has advanced with the diversity of exponents that we have, which have maintained the essence of this one and each one with its characteristic sounds.

JenD: ¿What about live jazz festivals and venues?

WR: Thanks to the support of Jazz en Dominicana, Lunes de Jazz, Jazz en la Loma, Dominican Republic Jazz Festival, among others, we have spaces every week and frequently throughout the year, in which we can share this music with many people who love it. of her, as well as us.

JenD: Tell me about the media and jazz (print, radio, digital and social).

WR: From the written media I have received the summary of Barco de Jazz for many years, the updates and interviews of Jazz in the Dominican Republic. I know very few of the radio media around me, but thank God we have digital media and social networks, through which we can have daily access and be up to date.

JenD: ¿What are your plans for 2022?

WR: We are in the process of recording what would be our second album. We hope to publish the second single of this for the month of December, God willing.

JenD: ¿What else would you like to say to our readers?

WR: I am infinitely grateful to God for the gift of music and to Jazz in the Dominican Republic for its perseverance and support for this genre in different spaces and media. Thanks to Fernando Rodríguez Mondesert and all the lovers of this music because you are an important part so that we can continue, since we complement each other, because the message needs a receiver, a channel and a sender. Let's not pass out, let's keep going creating spaces, making music, supporting and promoting good music for a better country.

----- 0 -----

His production Unknown Location can be found, amongst other digital platforms, on Spotify. The QR above will take you to enjoy it.

Alexander Vásquez

I have wanted to talk to Alexander Vásquez for a long time. I have always followed his footsteps and admired his work, from the beginnings of Jazz en Dominicana, when he played the saxophone with Javier Vargas' group ATRE, later on with his performances in Solo Sax, his adventures at the National Conservatory of Music , his participation as guest soloist of the Juan Pablo Duarte Symphony Orchestra, the release of the book and CD "*Merengues Tradicionales Para Saxofón Alto*", the incursions of his Alexander Vásquez and Hexatonale Jazz Group in the releases of several singles, his concert in Monte Plata last month and the concert that will serve to release his first record production next month at Casa de Teatro.

We made it, we met, I asked and he answered.

Saxophonist, educator, musical director, arranger, composer, music producer and writer from Monte Plata. He began his musical studies with professor Agustín de Jesús at the Madre Ascensión Nicol High School in Monte Plata, then at the National Conservatory of Music where he developed his knowledge of the saxophone with professors Crispín Fernández and Remy Vargas. In 2012 he graduated from the National Conservatory of Music as Professor of Folk Music and Popular in the Saxophone. In 2010 he completed a Diploma in Harmony, Composition and Arrangements at UNPHU with Corey Allen. In 2009 he graduated Cum Laude from APEC University, obtaining a Bachelor's degree in Marketing.

He was a founding professor of the saxophone school of Fine Arts at the Elila Mena Elementary School of Music in Santo Domingo, where he stayed for 3 years. In 2012 he was invited as a soloist with the Juan Pablo Duarte Symphony Orchestra performing the concerto for saxophone and orchestra by Bienvenido Bustamante in the XI "Manuel Simó" Symphony Season and for the 70th Anniversary Gala concert of the National Conservatory of Music, directed by maestro Dante Cucurullo. He was the soloist invited by the Ministry of Culture for the opening concert of the 2012 school year of the Fine Arts schools at the Enriquillo Sánchez Auditorium. In August 2018, he made his debut at the National Theater as a guest soloist with the National Symphony Orchestra in the concert sponsored by the Dominican Refinery, Clásicos Dominicanos de Siglo XX, under the direction of Dante Cucurullo. He made his debut as an international soloist in February 2019 at the Aaron Davis Hall theater in New York City at the Dominican Symphony Music concert with the ADCA Symphony Orchestra conducted by Dante Cucurullo.

He is the author of the book and CD "*Merengues Tradicionales Para Saxofón Alto*", the first book Book and CD format for learning traditional Dominican merengues for the saxophone and various instruments. He is also the creator of Monte Plata de Jazz 2022, event where musical groups made up of young talents and invited professional groups participate, becoming one of the musical events with the greatest impact in the community and the first of its kind in Monte Plata. . He is currently pursuing a Master's degree in Artistic Education and Cultural Management from the APEC University in Santo Domingo.

With these biographical lines we enter fully into the result of our long chat.

Jazz en Dominicana (JenD): Who is Alexander Vásquez according to Alexander Vásquez?

Alexander Vásquez (AV): Alexander Vásquez is a young man passionate about music and the saxophone. I love creativity, developing projects, sharing what I've learned with others, promoting people's dreams... of young artists. I really enjoy family life and sharing with people who enjoy every second of life.

JenD: How did you start in music? Why the saxophone?

AV: I began my musical studies at the Padre Arturo Parochial School in Monte Plata where the school band still works, of which I am director today. I fell in love with the saxophone, its sound and the influence of my first teacher named Agustín De Jesús, who himself played in school band performances. Until that moment, no student in the school program had made the decision to play the saxophone, I truly remained connected and passionate about it to this day.

JenD: Who influenced you?

AV: First Agustín de Jesús, then another great saxophonist from my community named Gabriel Parra. Later, meeting maestro Crispín Fernández and having the privilege of sharing and studying with him for several years during my training, has been one of the most wonderful experiences, without a doubt a great influence on me. Through the years I discovered wonderful saxophonists and players of other instruments that would mark me with their wonderful improvisational discourses and styles, such as: Paul Desmond, Sonny Stitt, Charlie Parker, Ed Calle, Grover Washington Jr., Michael Lington, Kim Waters, Paquito De Rivera, Miles Davis, Dave Koz and Kirk Whalum, among others.

JenD: You play various instruments, which one do you like the most?

AV: For the field of production and arrangement I have acquired knowledge of elementary piano at the National Conservatory of Music. In the same way, in the pedagogical field of primary education, I can share instructions for the piano and other instruments such as the transverse flute. In the professional field, I only consider myself a saxophonist.

JenD: You've been playing many styles and genres with various groups. How has it helped you?

AV: Certainly I have been privileged to know different musical styles. During my beginnings I was able to learn a little about typical music and merengue.

I consider that my experience in traditional jazz began at the Conservatorio Nacional De Música, thanks to the influence of maestro Crispín Fernández with whom he worked individually on the style and together with the Big Band of the Conservatory that he was directing at that time. Then a person who would revolutionize it enters the Department of Popular Music, the maestro Javier Vargas, whom I have no words to thank for all the knowledge, motivation, time and opportunity that he gave us to a large generation of young artists. Together with Javier Vargas' ATRE group, one of my first and most enriching experiences in a more contemporary, funk, fusion style took place, interpreting compositions by Pat Metheny, Michael Brecker, among other compositions authored by maestro Vargas. Beyond addressing these styles, it should be noted that I owe my musical preparation for arrangements and harmony to the work of teachers Javier Vargas and Antonio Brito, tireless teachers and truly devoted to whom I will always be eternally grateful.

In the field of symphonic music, my first experience likewise occurred at the National Conservatory of Music, thanks to the vision of two wonderful teachers, Dante Cucurullo and prof. María Irene Blanco, who gave me the opportunity to perform the Bustamante Concert for Saxophone and Orchestra on various occasions, including the Gala Concert for the 70th Anniversary of the National Conservatory of Music. Later, thanks to Maestro Dante Cucurullo, I received the opportunity to perform this concert together with the Dominican National Symphony during the 20th Century Dominican Classics concert, sponsored by the Dominican Refinery. Another unforgettable experience was my debut as an international soloist, thanks to maestro Dante Cucurullo and the invitation by the Association of Dominican

Classical Musicians in New York to perform this concert together with the ADCA Symphony Orchestra at Aaron Davis Hall, Manhattan. , as a guest soloist, interpreting the Bustamante Concerto for Saxophone and Orchestra.

A pleasant experience was belonging to the orchestra of the piano bar of the Club Deportivo Naco for more than 11 years, in this period I can consider that my greatest experience took place to learn different genres, develop improvisation in merengue and other styles. The environment and the public of this club greatly favor the development of a wide and exquisite Dominican and international repertoire. In the same way, I must highlight the influence of the wonderful fellow musicians of this group, who always shared their knowledge and experiences, motivating me to listen and interpret other international styles such as bossa nova, swing, blues, etc. Without a doubt, the work environment was one of great growth.

JenD: What bands have you played with, and in what style or genre?

AV: Regarding jazz and fusion groups: the ATRE Group directed by Javier Vargas, the Big Band of the National Conservatory of Music, and Hexatonale Jazz Group

In the symphonic field: The Juan Pablo Duarte Orchestra of the National Conservatory of Music (as saxophonists on occasions and invited soloist), the National Symphony Orchestra (as invited soloist), and the ADCA Symphony Orchestra in New York (as invited soloist). In popular music, with the Azucarado orchestra, Darlyn y los

Herederos, Fernando Echavarría and the André family, the Staff and Pakolé Group, among others.

JenD: Do you think you already have your style, a sound?

AV: Certainly a style remains marked through the recordings and I believe that one discovers oneself in this process. Whenever I perform a performance, whether symphonic or popular, I really like to hear people's feedback on what they consider to be my style. I am convinced that I have my own speech and a personality that greatly influences my style of playing, especially in the field of merengue. When the words "that had never been done" are received, it gives a lot of satisfaction, but even more, what I have consciously created by listening to my interior.

JenD: How do you understand that your music has evolved?

AV: Through the years of study and apprenticeship, new harmonic elements, of discourse and structural forms are incorporated. Without a doubt, I have always considered that preparation and discipline will make the difference at the end of the road. The apprenticeships at the National Conservatory of Music have allowed me to open up many possibilities in arrangements; but also, the search for information through different channels, that good communication and advice with those people who have the experience, helps a lot. I believe that this combination is what has allowed me to develop in the field of musical composition and arrangement, as well as an instrumentalist.

Throughout my career, I have been able to observe an evolution in different fields of interpretation. For example, when listening to the solos that I have developed on the various occasions in which I have played the Bustamante Concerto; At first they used to be based on diatonic passages and arpeggios, from then on I made a speech that integrates chromatic approximations and alterations not proper to tonality.

----- 0 -----

So far we come with the first part of this interview. In the next one we will talk about Alexander Vásquez and Hexatonale Jazz Group, his first record production Mi Bella Quisqueya, various opinions and plans for the rest of 2022.

2 of 2

We continue with the second part of this interesting conversation with saxophonist, composer and educator Alexander Vásquez.

Before starting with this second part of the interview I want to share a little about the Hexatonale Jazz Group. It is a group formed in 2010 by young students from the National Conservatory of Music, passionate about jazz and led by Alexander, who plays saxophones (alto, tenor and soprano) and conducts. He is accompanied by Santo

Aroel (guitar), José De León Vásquez (trumpet and flugle horn), Samuel Atizol (piano), Juan Luis Gómez Espinal (bass) and Edward Estévez (drums). Their first single as a band was released in 2017, the song Lira Park, written by the pianist Edgar Castillo. The second single, released as a band, was the song El Conde Street Jam written by Vásquez. Another of Alexander's original compositions is She's Back, which will be accompanied by other songs to form part of the band's first album. Among the arrangements made and published that are part of the band's repertoire is the funk version of Amor Narcótico (Chichí Peralta) and the Big Band version of the Christmas classic Jingle Bells.

We continue with our interview.

Jazz en Dominicana (JenD): When, how and why was Hexatonale Jazz Group born?

Alexander Vásquez (AV): Born at the National Conservatory of Music. We are a generation of friends who are passionate about music and jazz. The first concerts we performed were around 2008 at the music festival organized by the French Embassy, then we were frequently invited by the Ministry of Tourism to the activity called Santo Domingo de Fiesta. Since my beginnings at the National Conservatory of Music, I have always dreamed of developing my own compositions and a group. It is a great privilege to share this project with extraordinary musicians.

JenD: How do you feel about creating your own band?

AV: It is a privilege to have extraordinary friends and musicians in a musical project like this. Everything that is happening fills me with happiness. It is a concept that we have been materializing for years. The group is made up of 6 musicians, hence its original name Hexatonale.

JenD: On October 7, 2020, in the middle of the pandemic, they released the song El Conde Street Jam. This composition followed the already released Lira Park. What did this mean to you and the band?

AV: These releases were the engine to keep the spark of what our new album, Mi Bella Quisqueya, is alive, keeping us focused on making authentic compositions that can remain as part of an intangible heritage for our country. These opened doors for us in various scenarios which allowed us to stay active. Similarly, through the launch of El Conde Street Jam, the distance we faced during the pandemic was reduced. In short, these meant a lot as they allowed us to stay focused and moving forward with the making of the album.

JenD: Soon you will be delivering the composition Tierra Olímpica, followed by the release of the group's first record production, Mi Bella Quisqueya. Tell us about the album, the reason for it, the style(s) used.

AV: One of the objectives of presenting part of the songs that make up this album in singles is to highlight the beauties and potential of various locations in our country. In the case of Tierra Olímpica, it means a lot, since it is the theme dedicated to my native land of Monte Plata and the Bayaguana area. These communities make up the smallest territorial diameter in the world with the largest number of Olympic champions, especially the community area of Bayaguana. From this fact, part of the dedication of this theme in honor of all Olympic athletes and coaches, heroes and role models for many young people in these communities.

In that same order, the other topics dedicated to the various areas continue. This album includes various styles, such as funk, swing, smooth jazz, reggae, among others, but with the peculiarity that all the compositions are Dominican and mostly dedicated to places in our country.

JenD: What songs were special to you?

AV: It is a difficult question. Perhaps the fact that they all have a special meaning and are different makes the answer difficult. But I can confess that I really enjoy listening to the results of Tierra Olímpica, Sabana de la Mar, Mambo Smooth and El Conde Street Jam, I think that from these the production concepts were extended to more risky fields of arrangement and that we achieved successfully. Personally, I feel very satisfied with these compositions.

JenD: What is Afro Dominican jazz for you? Does Afro Dominican Jazz exist?

AV: I consider that they are all those proposals that relate the elements of Dominican folklore originating, in great proportion from African culture, with elements of jazz. If there is Afro Dominican Jazz. Many musical proposals from our country show this, such as Josean Jacobo & Tumbao, Proyecto Piña Duluc, Hedrich Báez & La Juntiña, among others.

JenD: What do you think about the current state of jazz in our country?

AV: I think it has a great future and is growing, taking into account two important factors: the new generation of musicians and the stages. In recent years, many young people have decided to prepare and study formally both inside and outside the country. From my point of view, this training in the new generation will bear fruit and it will become evident in the coming years. On the other hand, there is the growing demand for good music as opposed to what is traditionally heard in most public spaces. I think that this audience that yearns for good music will support emerging projects with good musical proposals.

In another order, we can observe that the spaces for the diffusion of this genre continue to increase. Today, through Jazz in the Dominican Republic, it is possible to monitor the various proposals of the genre and places where they are presented. Several places and establishments with fixed days or seasons have been added, which somehow guarantees the diffusion of this genre.

JenD: What do you think of live jazz festivals and venues?

AV: Regarding jazz festivals, I see a growing number of venues in various parts of the country. These events are a space for relaxation and enjoyment for the communities, and result in motivation and incentive for musical proposals. In the same way, the participation of international groups somehow motivates us to share a broader vision of cultural diversity, motivating us to bring our identity to these festivals and becoming ambassadors of what is ours.

JenD: What do you say about the media and jazz (written, radio, digital and social)?

AV: Certainly I must highlight the great impact of Jazz in the Dominican Republic. This medium has been one of the most important windows to observe everything related to jazz in our country. As for the diffusion, I consider that it has always been somewhat select due to the nature of the market and target audience for this style. However, radio stations or radio programs that promote this genre from generation to generation continue to do an extraordinary job, closely following proposals and related events.

JenD: On August 20 you made your people enjoy the genre with the Monte Plata de Jazz concert. What can you tell us about it and your experience?

AV: It was a fascinating experience. The great support from the community shows that good music will always have a space. Monte Plata de Jazz is the beginning of a great dream of encouraging the youth of our town to have a passion for good music and jazz. In the same way, create a space for the enjoyment of the Monte Plata community with an event open to the public. The feedback on what happened has been great through the local media and this motivates us to continue holding this and other events in order to bring joy and good music to our community.

JenD: What are your plans for the remainder of 2022?

AV: After the release of this album, we will continue with various concerts in order to release this one. In the same way, we started a visit program to the media to promote the album and make Hexatonale Jazz Group known as a new musical proposal. The objective is to get closer to a wider public in order to publicize our proposal. On the other hand, we will start working on our second album.

JenD: Anything else you would like to share with our readers?

AV: We invite you to listen to this new album and we invite you to follow us on social networks in order to find out about our upcoming concerts and news. You can find us on Instagram as @Hexatonlejazz.

Above QR code will take you to enjoy "Mi Bella Quisqueya, Vol. 1" on Spotify, a record production released in 2022 by Alexander Vásquez and Hexatonale Jazz Group

Carlito Estrada

I have known him for a long time, since the beginnings of Jazz en Dominicana. He is considered one of the best alto saxophone players in the country, with a clean and energetic style, with an electricity reminiscent of a young Tavito Vásquez or Charlie Parker. I was always awed by his inexhaustible imagination when it came to improvising. Once, to impress us with his cyclical breathing, he played a note and held it for more than 11 minutes, and at then the quartet came in and together they continued, as if nothing had happened, the version of Europe they were playing.

Carlos José Estrada Sánchez, known as Carlito Estrada, is a saxophonist and multi-instrumentalist from San Felipe, Puerto Plata. He is self-taught, with an impressive handling of his instruments and the variety of languages that he can transmit with it.

I can say that he is a survivor, a person very dedicated to the new path that he chose and saved him. This is as far as I go in that aspect, so as not to damage the excellent "chat" that we had.

He started at the age of 13 with basic music theory studies with Professor Ernesto Capellán, then professor and musical director of the Puerto Plata Municipal Band. He was introduced to jazz by playing in hotel groups on the North Coast, such as Holiday Inn, Jack Tar Village, Heavens, AMHSA Marina, the Ganservoort Hotel in Sosúa and in Santo Domingo at the Embassy Garden, Marriott, Intercontinental, Jaragua, Dominican Fiesta, Hotel Boutique De Luca, amongst others. In this way, he was able to link the study of the instrument with live work, creating a language and mixture between the elements of jazz and Dominican vernacular music.

Moved by musical interests, he moved to Santiago and was part of the group Sistema Temperado directed by Rafelito Mirabal and the group Aravá by El Bule Luna. He later arrived in Santo Domingo where he was member of the Guarionex Aquino Quintet, the Materia Prima group and the groups of Jordi Masalles. He also played with Jorge Taveras, Manuel Tejada and Gustavo Rodriguez, among others.

He has participated in several important festivals in Europe with the Xiomara Fortuna and Kaliumbe band in Paris, Belgium, Switzerland, Holland, Spain, Central America and the Caribbean. As a soloist he has participated in important events and jazz clubs in New York, such as 55 Bar, The Village, and News Room Jazz Club, among others. In the country he has participated in the Dominican Republic Jazz Festival, Heineken Jazz Festival, Casa de Teatro International Jazz Festival, Arte Vivo, Sajoma Jazz Festival, He has also played at the PAP Jazz Festival in Haiti.

On several occasions he has been a guest soloist saxophonist with the National Symphony Orchestra. In 2019 he participated in an important tour of Beijing, China as part of the DominiTrío together with the renowned percussionist David Almengod and pianist Rafelito Mirabal, invited by the Ministry of Culture, and the Dominican Embassy in China. He is currently the leader of his own jazz group, Carlos Estrada Jazz Group.

So here we go, here are Carlito's answers to the questions we asked him. The same without being edited, answered from his heart and soul; giving it his all, the same way he does on a stage. Thus we begin:

Jazz Dominicana (JenD): Who is Carlito Estrada according to Carlito Estrada?

Carlito Estrada (CE): Carlito is a loving and blessed being, a faithful and loyal friend. 100% dedicated to music. He is a noble, creative and studious man; he is a homebody and a hard worker, who has traversed the darkest labyrinths of hell and the abyss, a victim of the horrors of rampant drug addiction and who, just for today, can proudly say that thank God he found a wonderful program of recovery that has given him back his life and the desire to live and move forward with the wonderful purpose of making my most cherished dream come true: music.

I am one in a million, I am a miracle from God and with my mouth full I can say "wanting is power".

JenD: Where were you born and raised?

CE: I was born and raised in Puerto Plata.

JenD: How did you start in music?

CE: When I was little I used to listen to my brother play the saxophone and he really loved what he did every time he practiced at home.

JenD: How did you get interested in the saxophone?

CE: As I said in the previous question, because of my brother and also when I heard for the first time Grover Washington Jr., Spyro Gyra, Paquito D'Rivera, Kenny G, Gato Barbieri, the Chuck Mangione band, among others.

JenD: Who influenced you?

CE: Grover Washington Jr. is the first, and from then on, while listening to other saxophonists, I identified with all of them until I met maestro Tavito Vásquez. But the direct influence of my brother Marino Estrada (affectionately El Alemán de la Música Típica) always prevailed.

JenD: Who or which teachers helped you progress? Tell us about your studies.

CE: I didn't have a teacher directly, I learned influenced by the music I listened to and identified with. But I did find, in my early days, support from my brother and from Guarionex Merete (saxophonist), who once, in the 90s, I visited at his home in the capital and he gave me some suggestions that helped me improve my sound. and quality of interpretation. He also gave me some study methods. The rest, I have learned in the patio of my house, I can proudly say that I am self-taught and what I have learned, I learned by listening to other saxophonists who were at the forefront at that time and I studied them just as they sounded.

JenD: You have made a career in various musical genres, how do you do it? Is there a preference for one over the other?

CE: I like to experience everything that is music. My favorite is the result of folkloric music and jazz = folkloric jazz fusion.

JenD: How has your music evolved?

CE: In the interpretive aspect I have evolved a lot, but personally, I have not yet recorded my own production and this is not evolution. But now I'm putting my batteries into it and I'll bring my own concept and ideology of what I feel and hear inside of me through the rhythm and sounds of my sax.

JenD: Do you practice a lot? What routines do you use and recommend to improve musical skills?

CE: I dedicate at least one hour a day to technical study. For the rest, I recommend daily exercise routines in all regions and registers of the sax. Listening to good saxophonists is vital to educate the ear. Know the sounds and styles of the saxophone in all its manifestations.

JenD: What have been the albums that have influenced you?

EC: Winelight by Grover Washington Jr.; 80/81 by Pat Metheny; Getz/Gilberto by Stan Getz and Joao Gilberto with Antonio Carlos Jobim; Spyro Gyra from the group Spyro Gyra; The Caribbean Jazz Project by the Caribbean Jazz Project group where Paquito D'Rivera played; Anouar Brahem (all music by him).

JenD: What music do you listen to these days?

CE: All the music from all the continents, there is and will be, for me it is welcome, since each one brings with it its musical-folkloric and cultural elements - with the exception of reggaeton and heavy metal music, one incites violence and to drug use and the other to satanism and diabolical rituals. I don't like any of that.

JenD: Name some of the bands you've played with, their styles or genres, and what were they for you? (Among these: Rafelito Mirabal and Sistema Temperado, Arava by Bule Luna, Guarionex Aquino Quintet, Materia Prima, Jordi Masalles Quartet and the groups of Jorge Taveras, Manuel Tejada, and Gustavo Rodriguez, among others).

CE: You have to add Xiomara fortuna (fusion); Anthony Santos (popular); Anthony Jefferson (jazz); Rafelito Román (typical); Frank Reyes (popular), etc., etc.

For me, they all represent a phase and a great experience!

JenD: You've led several of your own projects. Tell us about these: leading your own project. Carlito Estrada Quartet and Quintet, Los Herederos de Jan, Bebop RIpiao.

CE: Each project is a lived experience, but until I materialize my own concept in an album, record it and edit it in a recording studio I haven't done anything, I'm going to get into that very soon.

JenD: For you, what is the balance between music, intellect and soul?

CE: For me, the most important thing is the soul, if what you are doing is not felt from the soul, what you are playing is not projected.

JenD: What do you consider to be your main focus?

CE: I've actually focused more on performance. Playing live and expressing my own style is my forte.

JenD: If you could change one thing in the world of music, what would it be?

CE: I don't plan on changing any music. Rather, if I could, I would like to remove from any system, music that projects aberration, drugs, crime and bad influences. Since we know that music has power and through music they are sending society a hidden message leading to the lowest moral, mental and spiritual decadence.

JenD: What is your opinion about the current state of jazz in our country?

CE: In my opinion, it is growing and I am very grateful that people like Fernando Rodríguez de Mondesert, Freddy Ginebra, César Payamps, Eduardo Fortuna, and many others, keep the diffusion and activity of jazz alive throughout the country, for the benefit of of lovers and followers of such an extraordinary musical genre.

JenD: What do you think of live jazz festivals and venues?

CE: There are festivals, very few venues.

JenD: What's coming up in the rest of 2022 for Carlito and his projects?

CE: Going to New York and there concretizing my project of recording my own music, my musical production.

JenD: What would you like to add and share with our readers?

CE: Thank you for the honor and privilege of allowing me to reach all your faithful jazz-loving fans in the Dominican Republic.

----- 0 -----

I want to thank Carlito for his time, for wanting to say what he did not dare to say in public. Without a doubt, he is one of the most talented, beloved and charismatic saxophonists in our country, a special human being who feels very comfortable playing his instruments, be it jazz or a good merengue ripiao.

The QR above will take you to enjoy the live presentation of Carlito Estrada's group in the 2021 version of the Santo Domingo International Jazz Festival at Casa de Teatro

Carlos Mota

1 of 2

Some time ago, while I was preparing the schedule of performances for the month of February 2017 for the well-known live music venue, Fiesta Sunset jazz, Jordi Masalles told me that he wanted to do his next performance with a Dominican percussionist/vibraphonist, based in Florida, named Carlos Mota, he being the leader. This is how I began to have some exchanges with Carlos, and prepare the presentation of the Carlos Mota Vibe Jazz Quartet.

There began a friendship that, although a short time, seems to have lasted for many years. That presentation would be followed in 2019 by the Carlos Mota Jazz Quintet, accompanied by the American saxophonist Ben Sparrow; and Jordi, Tiempo Libre & Carlos Mota.

I wanted to include Carlos in the Jazz en Dominicana: Interview Series 2022, so several calls later, we achieved this mission. The questions and answers flowed, time flew, the meeting was top notch with this excellent human being, dedicated musician and an grand devotion to others.

Before starting with the interview, let's get to know Carlos Mota a bit. He was born in Santo Domingo. In the 80's he moved to New York and joined the Latin music scene. In the early '90s he moved to South Florida, joining the avant-garde and fusion scene as a well-versed performer of Latin and world percussion. In 2002 he received a scholarship and studied at the Jazz Program at Palm Beach State College under David Gibble, graduated in 2005 and in 2008 went on to Florida Atlantic University's Jazz Studies Program (directed by Dr. Tim Walters). .

Carlos has performed with such luminaries as Steve Turre, Dr. Lonnie Smith, Slide Hampton, Karl Berger, Néstor Torres, Banda Brothers, Ed Calle, Jimmy Heath, David Liebman, Kiki Sánchez, Andy Gonzales, and Jonathan Laurence, to name a few. He plays very frequently in Latin and Straightahead Jazz venues and concerts in the West Palm Beach Latin Jazz area.

Here is the first part of our interview:

Jazz en Dominicana (JenD): Who is Carlos Mota according to Carlos Mota?

Carlos Mota (CM): I am a musician, percussionist, vibraphonist, educator, friend, brother and, above all, I am Aarón's father.

JenD: Where were you born and raised?

CM: I was born in Santo Domingo, specifically in my beloved neighborhood of Villa Consuelo (Villacon for the natives). There I also grew up in a totally different time, the time of the eighties, when I was a Teenager.

JenD: How did you start in music? what was it that got you interested in music?

CM: That's hilarious. My friend Julio spent time playing his tambora, made with metal cans (containers). I don't remember if I was 8 or 9 years old, the fact was that I asked him to show me what he was doing, which was the traditional rhythm of the tambora in the merengue. I remember it vividly, he played the rhythm, he passed me the tambora and I repeated it immediately, which gave me tremendous joy, especially since he was surprised that I did it so fast.

That moment was crucial and very significant. At that time, the Fania All Stars film, Our Latin Thing, was still in some theaters in the city and some segments of the film were frequently shown on television, particularly the introduction and, of course, that motivated me. to tell Julio, "we have to make a band", and that's what we did. First we had to build more instruments and recruit more members. We started talking about songs that were on the local radio, of course it was all percussion without melodic instruments. I ended up being the singer, we also wrote our own songs, the first one was a merengue we called Pantalonsillos Curtíos.

Our first concert was on Ana Valverde street and it lasted approximately 5 minutes, since it was during soap opera time and they kicked us out, but they recommended that we do it at the Mono Mojao public landfill or much further away. That we did.

What interested me was pure fun, plus the fact that we realized that we listen to music with different ears than the rest of our friends; Also, my infatuation with Ray Barreto and my desire to be a member of the Fania All Stars.

JenD: What made you choose your instruments?

CM: I always wanted to learn the piano, but percussion was immediately accessible, either due to my own making or the proximity to professional instruments that neighbors like Sergio Tusen, Tato tambora, and others on my street always had available. Although I could rarely have them for more than a few minutes, I found out that if I became a member of the San Pedro Parish choir I could play there and I ended up showing up without announcing or asking and for some reason Doña Carmen let me play from day one and my obsession began. fully.

I started with the güira and to my surprise the director suggested that she play the congas in subsequent rehearsals, then bongos, timbales and drums. The only lessons I received were from members who work in local groups and spontaneously shared their knowledge with me. But the instrument that totally captivated me was the vibraphone, although the only one I saw in Santo Domingo was during a presentation by Ruben Blades and Seis del Solar on midday television. That one stayed with me in my soul, although it wasn't until my college career that I consummated that relationship with the vibes.

JenD: What attracts you to percussion? Who have influenced you?

CM: Rhythm, rhythm rhythm! and a spiritual connection to my African heritage, my Afro-Caribbean identity. As for my influences, as I said before, Ray Barreto, Milton Cardona, José Mangual Jr., Cachete Maldonado, Tata Güines, Tito Puente, Roena. In truth, too many to list and of course, with development over the years, the likes of Don Alias, Ralph McDonald, Candido... ugh, I could spend the rest of the day mentioning. I have studied Güines, but I could not leave out our Ángel Andújar "Katarey", our father of percussion, nor Guarionex Aquino and Wellington Valenzuela. And that only on percussion, on vibraphone there are Bobby Hutcherson,

Lionel Hampton, Gary Burton, Milt Jackson, Teddy Charles, Red Norvo and more and more...

JenD: Which teachers helped you get to the levels you've reached? Where and how were your studies?

CM: Good question, because without their help I don't know if I would have passed the güirero stage. To begin with, there was a member of the choir from my parish, who worked with Primitivo Santos, Wilfrido Vargas, among others. Also Ángel "Cachete" Maldonado in Puerto Rico. In my university career, at Palm Beach State College, professors David Gibble (University of North Texas) and Dr. Pryweller with whom I completed my Associate of Arts Music Education and Jazz. Dr Tim Walters, who stimulated my career as a vibraphonist while I was studying Jazz in the Department of Jazz Studies; Neil Bonsanti (Jaco Pastorius Word of Mouth); Mike Brignola (Miami Sax Quartet), my improv teacher. Bachelors of Jazz at Palm Beach Atlantic University, Professor Seth Wexler, Professor Pompriant (Wild Cherries); my studies in popular music, Bachelors of Popular Music and Education.

My path to music education had several curves, since I did not enter the university until 2002 when I entered Palm Beach State, after a 12-year career as a percussionist, which I had been cultivating since 89 or so. Everything more by ear until then.

JenD: You've been playing for a long time, and in many styles and genres through all these years. How have these musical adventures been?

CM: A whole compendium of transformations and development. Originally I wanted to be a salsa singer, period; but my love of music was equally enthusiastic about the full range of styles that informed me by osmosis, '80s variety radio and the rise of stations focused on Americana music, as it was generally known, gave me a foundation to work with bands from Caribbean music, calypso, soca, classic rock, to experimental music. When I came to Florida, from New York, everything was so organic, from Steel Pulse, Los Reyes del ballenato, Syderco, The Blues. Perhaps the best result, since I couldn't be from Fania (Laughter), I went to live for a while on the west coast in California.

JenD: Which bands have you played with, and what styles or genres?

CM: As I was saying a moment ago commenting on the musical journey Los Reyes del Vallenato, an unexpected experience, Banda Blanca (punta), Bonnie Rait (pop/blues), Gary DelaMore (calypso), Banda Brothers (latin jazz), Viti Ruiz (salsa), Papo Rosario (salsa) Peabo Bryson (R&B), Karl Berger (free jazz), Badal Roig (experimental jazz), Hugh Masakela (jazz/afrobeat), Ed Calle (jazz/big band), and many, many more.

----- 0 -----

So far we come with the first part of this interesting meeting with Carlos. In the next one we will go into his pilgrimage out of the country that ended in Tampa Florida, and we will talk about his dedication to music, as an educator and more.

2 of 2

There is a large part of Carlos Mota that is immersed in being grateful for what they have learned, and this gratitude is done through a marked passion and dedication in education, in passing what they have learned to others, in motivating the development of youth through music, in providing music education opportunities to everyone, no matter how much they may have, financially speaking.

Let's continue with the second part of the interview.

Jazz en Dominicana (JenD): From Santo Domingo to New York and from there to Florida. What has each of those stages meant to you and what did you do during them?

Carlos Mota (CM): New York was the original idea, but the thirst to continue doing different things boosted my ability to relocate. For example, in the city (NYC), with the rise of merengue and the fact that I am Dominican, at the beginning of the 90s, it seemed that I was destined for merengue and his sister, bachata, which was taking off in those days. Florida was a great expansion of job opportunities, but above all the great possibility of going back to university and studying music at that level and for this reason, in the mid-90s I moved completely to Florida, which until then was only came seasonally

Jazz came to me in NYC and it was a blessing because I got away from possible bad influences, it changed my life, as a musician and as a human being as well. I had incredible opportunities, I got to see Dizzy, John Henderson and many of the giants of our music. Similarly, Latin jazz was the conduit for that growth. For example, Hilton Ruiz's advice to study in an organized way. I think the best thing about that time was feeling accepted in the jazz family, everyone with whom I made contact wanted to share and teach me, in the vast majority they always reasoned for my enthusiasm and dedication.

Florida allowed me to develop my career in a multitude of different experiences and opportunities and while I identified as a jazz musician, the opportunities in popular music continued to grow, specifically when I left the city of Miami and moved to West Palm Beach. In those years, experimental jazz or free jazz music had its heyday among jazz/rock musicians (a la Chicago and Blood, Sweat and Tears) and they explored the possibilities of Miles Live, in The Corner, Water Babies etc, Herbie Hancock Sextet , Ornette Coleman, Charlie Haden and those styles. Also, I was lucky, by coincidence, to have moved next door to one of those local musicians, Greg Kokus, and the rest is history.

JenD: What led you to become a music teacher? Where do you teach?

CM: I work for the school system at A.W. Dreyfoos, School of the Arts in West Palm Beach and I also have a studio at Music Man Inc, since covid19 I have not worked with university students, it is possible that I will return by 2023; but I'm still super busy.

JenD: What is your mission as an educator?

CM: As an educator I feel the responsibility of promoting the development of my students, providing opportunities for them to preserve the tradition of this music that we call jazz; but the root of all that is to communicate the love for the arts and humanity in general. It's great to see that moment of learning. Learning has no limits

JenD: For you, what is the balance between music, intellect and soul?

CM: That relationship is symbiotic. That triangle is equilateral, the intellect projects the music that comes from the soul. Far beyond the physical.

JenD: For you, does Afro Dominican Jazz exist today?

CM: Hell yeah, the fact that the word afro is in your designation is a testament to that. I remember when that was almost taboo. For me it is the use of jazz concepts on a par with native music that in fact has its Afro influence. It is with great pride that I see Josean (Jacobo), Yasser (Tejeda), Alfredo (Balcacer), and Alex Diaz promoting and expanding the palate. I support my friends/colleagues one hundred percent.

JenD: Have you given workshops, do you think about sharing your knowledge?

CM: Yes, for the International Association for Jazz Education (IAJE) and soon for the Jazz Education Network. Also like my alma mater and other Universities and centers in Florida and the country, the Autonomous University of Santo Domingo (USA).

JenD: If you could change one thing in the world of music, what would it be?

CM: Access for children from the neighborhoods to our musical genre. Who knows the talent that has not been detected due to lack of opportunity.

JenD: What do you see as the next musical frontier for you?

CM: Embracing the sounds that define our youth, I just see Miles Davis as the role model in terms of reaching out to new jazz fans. Jazz adapts to each new era and each of them contributes not only to the culture, but also to its exponents. I want to be in that moment.

JenD: Who do you listen to these days?

CM: Bill Charlat comes to mind, Esperanza Spalding, Makaya Macraven, Kamasi Washington, Butcher Brown, Robert Glasper.

Answer the first thing that comes to mind.

JenD: Carlos Mota.

CM: Fearless.

JenD: The percussion.

CM: My soul.

JenD: The vibraphone.

CM: Beauty.

JenD: Education.

CM: Essential.

JenD: Jazz.

CM: My house.

JenD: Our Jazz.

CM: Pride.

JenD: Tell us about Mode Marimba, Inc. What is an electronic percussion keyboard?

CM: Mode Marimba is a company that was founded to provide great sound at a more affordable price to the traditional handcrafted rosewood or palisander marimbas, which are in danger of extinction. Along the way it became apparent that this amazing instrument lacked mainstream appeal for 2 main reasons:

amplification and portability. The EPK®, also known as an Electronic Percussion Keyboard, has a more portable design and plugs in like other contemporary instruments for stage performance and hotline recording. Proprietary pickups amplify the actual vibrations of the tone bar, allowing not only amplification, but also full-scale use of decades of audio sound effects.

Regarding my involvement with the company, a few years ago Mode Marimba invited me to visit their factory to test the instrument, and of course, I went to visit and I loved the instrument and its sound possibilities, the ability to have the physical part , the bars, and being able to create with the sensitivity of an acoustic instrument with almost infinite permutations of voices is an irresistible temptation for a jazz player who comes from the exploration school, since collaboration is organic.

JenD: You have a new trio, marimba organ and drums, tell us about the project and this unusual instrumentation for jazz.

CM: Yes, for a while now I have focused on trios with organs. It's not new, but it does have an exquisite amount of challenges for everyone involved. About ten years ago I had the opportunity to work with the great organist, Dr. Lonnie Smith, whom we lost just a year ago (Sept 28), that opportunity was sensational, although we had already made a connection when he gave me a job in the congas in the late 90s. Doc would give me plenty of time to "solo" on the conga tracks and always give me great feedback. When he called me to play in a private presentation in Palm Beach, I asked him the question that percussionists always ask: what do you want me to bring?, and he said bring percussion (laughs). I asked him if the vibes (vibraphone), he jumped and asked me why he had not told him before that he played vibes and he said of course! What an honor, what fun, each solo by Doc is a Universe!

That experience left me very interested in this type of collaboration, in fact, there were already many videos of Bobby Hutcherson and Joey DeFrancesco demonstrating the beauty of that combination, in fact, once I asked Fernando if I could get an organist to play at the Fiesta Sunset Jazz in Santo Domingo, but couldn't. The intimacy of that collaboration and the sonic beauties are intoxicating. With warriors like my brothers Phoenix Rivera on drums and Nevada Hadary on organ, the sky is the limit.

JenD: What else do you want to share with our readers?

CM: Keep supporting this music, which is your music, its performers especially, the venues and their attendance, the live performances, because that is where the value of all generations, past and coming, lives.

A todos me despido con mi: "***Be Cool - Be Bop***"!!

The QR above will take you see and listen to the presentation of Carlos Mota and his Carlos Mota Jazz Quintet at the renowned Fiesta Sunset Jazz venue at their 2019 concert!

Corey Allen

1 of 3

At the beginning of this year, when I was thinking about the people I wanted to include in the Jazz en Dominicana Series: The Interviews 2022, the name Corey Allen came to my mind, and I immediately put him on the list, to wait for the opportune moment to be able to interview him. Corey is a musician, composer, arranger, conductor, producer, educator. His musical experience covers almost the entire gamut of the music business. I have great affection, admiration, respect for him and it is an honor to call him a Friend.

In 2010 when I was looking at possibilities for the first concert for the members of the newly born Sunset Jazz Lounge Club, one of the members, my great friend

Silvestre de Moya, recommended Corey Allen, who would be visiting the country for a project of the which could not be revealed at the time. I had seen Corey at the National Theater as a member of Chuck Mangione's band, an event that De Moya produced.

On the night of June 15, 2022 Corey delivered a great concert, well received by the attendees. Between cigars, drinks and exchanges about jazz, we met and a great friendship began between the two of us.

As many of you already know, Corey was here to lay the groundwork for the International School of Contemporary Music of the Pedro Henríquez Ureña University (UNPHU), and after several trips, he has established himself in our country as its director.

Restless, at he is, he has played at events, concerts and festivals, he has produced albums, he has composed, he has made great arrangements, he has advised many musicians here and abroad, he has fallen in love, he has married, above all he follows his passion to educate, for music and for the friendships made.

Allen's resume is huge. As a record producer, performer, composer, and arranger, his work can be heard on recordings in genres as diverse as Jazz, R&B, Latin music, soundtracks, classical, house, pop, gospel, fusion, and musical theater. He has worked with a wide range of celebrities and jazz greats including: The Manhattan Transfer, Dianne Reeves, Chuck Mangione, Doc Severinsen, Lou Rawls, Carol Welsman, The Duke Ellington Orchestra, Kevin Mahogany, Kim Bassinger, Kenny Barron, James Moody, Frank Gambale, Dave

Koz, Eric Gale, John Patitucci, Alex Acuna, Scott Bacula, Airto Moreira, Arthur Fiedler and many more.

When I asked him if he wanted to be interviewed, he immediately said yes. I wanted to do what Americans call an in-depth interview for the benefit of our readers. The conversation was long, the questions and answers flowed, and from some answers came other questions. We wanted to share 100% of the exchanges, and that is why we are publishing the interview in its entirety and in three parts.

Jazz en Dominicana (JenD): We started the interview by asking him, who is Corey Allen according to Corey Allen?

Corey Allen (CA): A man who is grateful to God for all the blessings he has given me; lover of good music, art, cooking, food, friends, family and travel.

JenD: How did you start in music? You started with the bass, how do you start with that instrument, and when do you switch to the piano?

CA: Well, actually, I started with the piano. My mother was my first piano teacher. I started playing "by ear" when I was three years old. Because I'm dyslexic, I hated reading piano music. But, I loved writing it. I loved writing the notes and the staff. I used to copy the music from my piano book and pretend that I was writing a masterpiece.

I have always been fascinated by how different instruments sounded when played together.

My sister played the clarinet and my brother played the tuba together in his high school band. After listening to them practice their parts, I was able to play both parts on the piano.

As I got older, I learned to play bass, trombone, banjo, guitar, and mandolin. Learning all those instruments helped me become a better arranger/composer.

JenD: Who influenced you?

CA: As a pianist, Bill Evans, Oscar Peterson, Dave McKenna, Teddy Wilson, Art Tatum, Paul Smith, Miles Davis, Bud Powell, Hank Jones, Red Garland, Dizzy Gillespie, Cannonball Adderley were my biggest influences. I am not a "modern" pianist. Right now, I think Herbie Hancock is perhaps the most exciting musician alive today. He transcends his instrument.

As arranger/composer, Thad Jones, Stravinsky, Fletcher Henderson, Duke Ellington, Gil Evans, Mike Gibbs, György Ligeti, Charles Ives, Johnny Mandel, Ravel, Mozart, Ivan Lins. All of them have played a role in my development.

JenD: Which recordings (albums) had the biggest impact on your growth?

CA: All Bill Evans recordings, Oscar Peterson – The Trumpet Kings, Mathis der Maler's recording of Horstein and the LSO, Joe Pass and Ella Fitzgerald – Again, "The

Tony Bennett Bill Evans Album", Janis "Pearl" Joplin, "Switched On Bach" by Walter Carlos, the recording of Mozart Sym. #40 by George Szell, all recordings by James Taylor, Thad Jones & Mel Lewis Jazz Orchestra – "Consummation", Donald Fagen – "Nightfly", Edgar Winter – "White Trash".

JenD: Pianist, composer, arranger, producer, conductor, and educator.

How do you manage to balance time with everything you do? Which of these trades do you like the most?

CA: I am very blessed. Fortunately, I have been keeping myself busy even during the pandemic. I find that I cannot maintain a high level of all these activities simultaneously. So, I have to dedicate time to each one. For example, for the past few months, I haven't played the piano. I have been composing the music and producing my new recording with Nestor Torres.

JenD: Do you consider yourself more of a musician, composer, arranger or educator?

CA: I am deeply, hopelessly and completely in love with music. Music is what I do. It's just me

JenD: Could you share some of your experiences, experiences, with The Manhattan Transfer, Chuck Mangione, The LA Jazz Trio?

CA: I started working with Manhattan Transfer as a result of being the music director for several musicals where the music was based on the Manhattan Transfer style. It was a great workout. I met Cheryl Bentyne, the soprano from "Transfer," when she was the musical director of a show in Los Angeles. I wrote the arrangements for it and that led me to write the arrangements for Manhattan Transfer.

In 1995, Chuck wanted to return to the stage. Bassist Charles Meeks and Grant Geissman, the guitarist in his band "Feels So Good", recommended me for the keyboard job. My first concert with Chuck was at the Blue Note in New York.

Bassist Kevin Axt and I had worked together for many years. When Charles Meeks left the band, Kevin took his place. Chuck's drummer left some time after that and Dave Tull became the drummer. Kevin, Dave and I made a lot of records and played rhythm section for various artists. Many of whom were recording for King Records in Japan. King asked me to produce a series of 101 jazz songs with the trio, and the LA Jazz Trio was born.

We record or perform with Chuck Mangione, Kevin Mahogany, Cheryl Bentyne, Richie Cole, Ken Peplowski, James Moody, John Pizzarelli, just to name a few. I love those guys.

JenD: You've played with a who's-who of the jazz world. Any anecdote of someone in particular that you played with that you would like to share?

CA: I have been a professional musician for 52 years. I have so many wonderful anecdotes and memories of the people I have met or worked with. From Arthur Fiedler to Herbie Hancock. Maybe one day I will write a book.

2 of 3

We had the joy of enjoying Corey's musical genius in many and varied events at our Sunset Jazz Party, Jazz Nights in the Zone on the steps of Calle El Conde, Lulú Live Sessions and Jazzy Tuesdays. Always gentle, chivalrous, helpful. Let's continue learning more about his life and then enter the second part of this very interesting interview.

Corey's arrangements for vocal group and orchestra have been recorded by The Manhattan Transfer with the Cincinnati Pops and the City of Prague Symphony Orchestra. He has also arranged for vocal groups: M-Pact (USA), Suite Voice (Japan) and Vocalese (Spain) and vocalists Anthony Jefferson, Bobby Caldwell, Jimmy Demers, Tim Hauser, Kevin Mahogany, just to name a few. Some. Many of his vocal arrangements are published by Sound Music Publications.

His discography includes eleven productions for Cheryl Bentyne. Among the highlights of those recordings were "Something Cool" for Columbia Records, "The Book of Love" for the Telarc label, and "Moonlight Serenade" for King Records (with a vocal group consisting of members of Take 6, The Manhattan Transfer and Voicestra by Bobby McFerrin). Corey also has a solo album, My Romance - an Homage to Bill Evans for King Records and a few days ago he released a new recording, Dominican Suite with flutist Néstor Torres (we'll talk about that in the third part of the interview).

His film and television credits include the film Live Nude Girls, starring Dana Delaney and Kim Cattrall. He wrote the score for the Showtime film Noriega: God's Favorite starring Bob Hoskins and for the Biography Channel presentation Carmen Miranda-The South American Way. In addition, he with the music from the movie Just Cause starring Sean Connery and Laurence Fishburne. He composed the soundtrack for the documentary The Powder And The Glory. The film is about the lives of the pioneers of the cosmetics industry, Helena Rubinstein and Elizabeth Arden. Corey has also composed and arranged music for various late-night television shows.

In live theater, he received a Los Angeles Drama Critics Award for his outstanding musical direction for the show Niteclub Confidential. He was the music director for the Boston, Saint Louis, Atlantic City, Monte Carlo and touring productions of the hit revue,

The All-Nite Strut (The strut of all night).

As a conductor, Corey has conducted the Saint Louis Pops Symphony Orchestra, the City of Prague Symphony, and countless studio and pit orchestras from Los Angeles to Monte Carlo.

Next, the second part of Jazz in the Dominican Republic - The Interviews 2022: Corey Allen.

Jazz en Dominicana (JenD): How do you feel when creating, when composing? Is there any creative process involved?

Corey Allen (CA): I don't have a set process for writing. During the pandemic, I wrote a symphony. Each movement of my symphony is based on a poem that is meaningful to me. In that case, the form of each poem dictated the form and structure of the individual movements. However, if I am writing music for a film, then I have to consider the images on the screen and try to increase their emotional impact.

JenD: Are you inspired by the sound of other instruments or other genres? Is it something you think about very carefully as you write, or is it something you realize after the fact?

CA: In my student days, I played various instruments with many diverse classical, folk, and jazz ensembles. Being exposed to and influenced by so many musical styles and genres helped me become a better arranger/composer. I have arranged and recorded: jazz, classical, house, R&B, gospel, rock, Latin, blues, and French-Canadian folk music. Of course Dominican music is very interesting to me. I have been studying it for several years.

JenD: Tell us about your record production My Romance. The reason for it, styles used. Is this your first solo?

CA: Yes, My Romance was my first solo recording. I was working a lot, producing records for King Records. One day, executive producer Susumu Morikawa asked me if I would like to record a solo CD. Of course, I was flattered. But, I didn't know what to record. I decided to pay homage to my biggest influence, Bill Evans. For me, the best thing on that CD is a piece called Elegy for Bill Evans. It is for orchestra and piano. I'm still very happy with it.

JenD: What did this production mean to you?

CA: The process of making that record verified some very deep feelings. I mean, I don't really enjoy being a soloist. I am a very good accompanist and I prefer to support a soloist with my piano or with an orchestra.

JenD: How do you get to the Dominican Republic?

CA: I came here with Chuck Mangione for a concert at the National Theater in 2003. Silvestre De Moya was the promoter of the concert. Silvestre brought Mangione's band back to the DR a couple of years later. I remember we had a good time and I liked the people a lot.

JenD: What interested you about the Dominican Republic?

CA: When I first came to Santo Domingo, there was a lot of new construction throughout the city. I found it to be a very vibrant city. Then, I had the opportunity to see the natural beauty of the country: Jarabacoa, Las Terrenas, etc. The Dominican Republic is a beautiful place. And of course, it's full of great musicians and engineers. I can not ask for more.

JenD: How and when did the project to create the UNPHU International School of Contemporary Music come about?

CA: As I said before, Silvestre De Moya was the manager of the concerts with Mangione. During that time, I became friends with Silvestre and his family. One day in 2009, Silvestre called me in Los Angeles to tell me that his son Sly had a close relationship with the US embassy and that he was trying to find a way for the US State Department and the Dominican government to They paid for me to go to the DR and do a diploma in vocal arrangements and music theory. I told him he was interested and Sly got both governments to fund the project. The diploma course was held at UNPHU in 2010.

JenD: What were some of the challenges you had to overcome?

CA: The biggest challenge was and continues to be the Spanish language. My wife and Google Translate are my biggest helpers in that area.

JenD: How is school going after the short time you have? How do you see the talent that is emerging?

CA: I am very proud of what we have accomplished in the last six years. We started the music school from scratch. This was a true blessing because it allowed us to create a music program that addresses the current realities of the music and entertainment business. We knew that taking a pragmatic approach to education would help our students succeed. We also had three very important things going for us: a lot of support from the UNPHU administration, particularly the chancellor and our dean, very smart and motivated people in charge, and a really wonderful initial group of students.

And now we are seeing very positive results. Many of our students are finding their first successes after graduating from UNPHU Music. For example, Hansel Moya is acting in a production of the Broadway musical, Tina in Madrid. José Francisco Pérez is a sought after violinist/producer in Germany and Italy. Many of our graduates are earning master's degrees in areas such as musicology, performance, music education, and composition. UNPHU Music has provided access to opportunities previously unavailable to Dominican music students.

UNPHU Musica has partnered with some of the most prestigious music schools in the world. For example, the Hochschule für Musik und Theater in Hamburg, the Royal Academy of Music in Aarhus, Denmark, the Vano Sarajishvili Tbilisi State Conservatoire of the Republic of Georgia, the Alfonso X University in Madrid.

In addition, we are members of two important international alliances: GLOMUS (a network of music and dance schools from more than 38 countries) and the Latin American Association of Music Schools (ALAEMUS). By the way, UNPHU will host the CLAEM, Latin American Congress of Music Schools, in May 2023 here in Santo Domingo.

JenD: What are your plans for the School in the coming years?

CA: To continue improving, our goal is for UNPHU Música to be ranked among the best music schools in the world.

3 of 3

In the first two installments we have seen Corey Allen from his beginnings until his arrival, and now he remains in the country. In this last part, we will talk about his other tasks and projects, outside the UNPHU classrooms, where he is currently the Academic Director of the International School of Contemporary Music. Let's finish learning a little more about Corey.

He is very comfortable with the piano and electronic keyboards. He has recorded 21 albums of jazz standards for the Piano Disk company, three piano solo albums for the Yamaha Disklavier library, and a digital version of his own solo CD, My Romance. Corey is a founding member of the LA Jazz Trio with Kevin Axt and Dave Tull. The trio have recorded over 26 CDs and have performed and recorded with Chuck Mangione, Kevin Mahogany, Cheryl Bentyne, James Moody and Richie Cole. The trio recorded 101 Great American Songbook standards for King Records and released two CDs in Japan and Korea.

Allen taught at the Berklee College of Music from 1980 to 1985 and returned to Berklee from 2002 to 2004 to teach vocal arranging. He has taught music theory and arranging workshops at The Frost School of Music at the University of Miami, the University of Oregon, Milligan College, the University of Maine, the Lausanne Conservatory, Switzerland, and the Hochschule für Musik de Aachen, Hannover. and Hamburg, Germany. In 2010, the State Department appointed Corey as a cultural envoy to the Dominican Republic. In the same year he began his association with the Jazzar Concerts festival in Aargau, Switzerland, as a guest artist and mentor. He has arranged music for the festival every year since.

Corey is the author of nine books: Arranging in the Digital World, published by Berklee Press (now out of print), The Arranger's Voice Parts 1 – 4, and Harmony: A New Approach for the Creative Contemporary Musician, Parts 1 – 4. These books form the curricular core of UNPHU's theory and arrangement programs.

During the pandemic, he composed a symphony and the music for his newly released recording of the Dominican Suite with flutist Néstor Torres.

Before starting this last part of the interview, I want to express my gratitude, respect and admiration for this great human being, who one day came and who, thanks to God's designs, has been among us.

As a country, we won the lottery, hopefully and we value it. For my part I have a great friend, collaborator and adviser.

Jazz en Dominicana (JenD): You have participated as musical director and arranger in various productions of artists who reside in the country, such as Anthony Jefferson. How have these experiences been?

Corey Allen (CA): Yes, actually. I arranged and produced two recordings for Anthony. I met him when he was performing for you at the Dominican Fiesta. His records are always fun to make. His first album gave me the opportunity to work with some of the best Dominican musicians and engineers. Since then, I have arranged and/or produced music for Cheo Zorrilla, Victor Mitrov, Gustavo de Hostos and for many international artists whose recording projects I have brought to this country such as: M-Pact, bassist Brian Bromberg, vocalists Christina Jones and Judy Rafat, as well as two documentaries.

JenD: Gustavo de Hostos' album will be released soon. What can you tell us about this production?

CA: Just before the pandemic, my friend Gustavo told me that he wanted to record an album of crooner songs with a big band. We recorded the rhythm section here with Pengbian Sang on bass, Federico Méndez on guitar, Guy Frómeta and Sly De Moya on drums and percussionist Edgar Zambrano. I recorded the brass and saxes in Los Angeles. The album has the feel of a record made in LA's golden recording years.

JenD: Speaking of productions, you composed and are about to release The Dominican Suite. What is it, what is it about? How did you come up with the idea? Who accompany you?

CA: Look, I'm an immigrant in this country. The Dominicans have welcomed me with open arms. I love the people, the food, the natural beauty. I have many friends here. My wife is Dominican. She is now my home. The full name of my new recording with Néstor Torres is, Dominican Suite – Amor, Vida y Felicidad. It is my "love letter" to the Dominican Republic. R.D. It has been my home for the past several years. I am very grateful for having found love, life and happiness here.

The recording is called Dominican Suite. The Dominican Suite is actually a suite for flute and big band that I wrote with Néstor Torres in mind. I wrote music in various Dominican styles: I. El Merenguero (Merengue), II. Take me to the Moon (Bolero), III. Interlude, IV. Hija del Caribe (Salve) and V. Prelude and Mangulina Azul (Mangulina).

To help understand the flow of the Dominican Suite, I created a short story. Our gringo protagonist arrives in Santo Domingo and is received by his beautiful Dominican girlfriend. They drive through the vibrant city of Santo Domingo and arrive at a party where they dance the Merengue. He is very much in love with her and proclaims his love for her by singing a bolero for her. When it is over, they take a romantic walk through the old city and meet a group of folk musicians performing a salve.

The next day, she invites him to a country party in the mountains of Jarabacoa. The party is in the field; so, he has to walk through the forest to get there. On the way, the sounds of the forest surround you: birdsong, animals running around, etc. Finally, he arrives at his destination and the band signals that the dance, a mangulina, is about to begin. Her surprise is that she is the center of her attention and he has to woo her.

In addition to the flute suite, he composed the music for a bachata with lyrics by Pavel Núñez called Cada Día and a song called Las Mariposas with Carol Welsman and Maridalia Hernandez. Maridalia's interpretation of this song is impressive.

Érase una vez en Santo Domingo /Once Upon A Time In Santo Domingo is a Latinized version of a piece I wrote some time ago. This version is based on a night I spent walking around the Colonial Zone of Santo Domingo listening to all the different styles of music coming out of the clubs and bars. I also wrote an arrangement of the Juan Luis Guerra song, Si tú no bailas conmigo, beautifully sung by Alvaro Dinzey.

Néstor and I are accompanied by a wonderful group of musicians that includes: Federico Mendez, Sandy Gabriel, Pengbian Sang, Janina Rosado, "Chocolate" De La Cruz, José Francisco Pérez, Guy Frómeta, Ernesto Núñez, members of the string section of the National Symphony Orchestra, and many great musicians from the United States and Europe such as Doug Webb, Joel Taylor, Brian Scanlon, and Fiete Felsch.

We are very fortunate to have very talented engineers in this country. I was lucky to work with several of them:

Allan Leschhorn, Alex Mancilla, Janina Rosado, Guy Frómeta.

They were joined by my old friend and engineer in Los Angeles, Tom McCauley.

JenD: Is there a Dominican jazz for you?

CA: I see many very talented young musicians at UNPHU who are looking for a concept of Dominican jazz. Giancarlo Rojas and Surya Cabral come to mind. I am very impressed with the work that Yasser Tejeda is doing. Also, Sócrates García is doing a great job. I'm also keeping an eye on Helen De La Rosa, Ivanna González and José Francisco Pérez.

JenD: What does this mean for jazz at home, and our jazz abroad?

CA: The deeply held concepts of individualism and personal expression that are naturally inherent in jazz music are found wherever spontaneously created music is found. Today, the word "jazz" is modified with a regional adjective: Nordic jazz, Dominican Jjazz, Latin jazz, etc. The result is that jazz music is evolving faster and in more diverse ways than ever before. The argument for whether whether or not a sense of swing is crucial to jazz music, so important to jazz educators, seems out of step with the direction it's going in. I think jazz as it was defined in America between the 1930s and 2000s is one thing I think the most important part of the definition of the word "jazz" is and always will be individualism and self-expression, regardless of which adjective is used before it.

JenD: What do you think of the relay towers that are emerging in the Dominican Republic?

CA: Generally speaking, there are so many new, talented, young jazz musicians working now and many more preparing to enter the field. I'm not worried about the future of music. From my point of view, the Dominican Republic has a lot of talent in many areas of music, not just interpretation. For example, sound engineers, composers, researchers, etc. The future looks bright.

Answer the first thing that comes to mind:

JenD: Corey Allen.

AC: Nice guy.

JenD: The Piano.

CA: Tormentor. Truth teller.

JenD: Jazz.

AC: Yeah!

JenD: Dominican Republic.

CA: Love, Life and Happiness.

JenD: UNPHU.

CA: Legacy.

JenD: If you could change one thing in the world of music, what would it be?

CA: It would establish a business infrastructure whereby musicians would be paid fairly and in a timely manner. I believe that this will finally become a reality when a sustainable business model is developed. I would make the changes to make sure it would get there faster.

JenD: What plans will there be in 2022 for Corey Allen?

AC: Keep learning

JenD: What would you like to add about your music, about any topic?

CA: The Dominican Republic is full of talented musicians. But talent alone is not enough. To compete in the international music economy, they need training and support. At UNPHU Música we work very hard to provide excellent training. In terms of support, here are two simple steps we can take to improve Dominican musicians' chances of success: 1) They need financial support from the public. That means, get off the couch and go out and support the live music. 2) The government can do more to encourage support for arts institutions and individual artists. For example, the amount of money that businesses and individuals invest in support of arts programs (either financially or materially) must be deducted from your taxes.

Lastly, I want to say "Thank you" directly to the people of the Dominican Republic for accepting me into your big, beautiful family.

----- 0 -----

His labor of love, the album Dominican Suite, is available on digital media, including Spotify, which we share via the above QR file.

Michelle Marie

1 de 2

For some time I wanted to update our readers with the career of the guitarist of Dominican descent, based in New York, Michelle Marie Nestor, Michelle Marie. We agreed and between calls, Zoom meetings, emails, and even Instagram, we achieved the necessary exchanges to turn these meetings into the interview that we offer you below.

In an interview published in English in All About Jazz, titled Michelle Marie: Two Countries, One Language (https://www.allaboutjazz.com/michelle-marie-two-countries-one-language-michelle-marie-by-fernando - rodriguez) introduced a young musician, with an American father, James Nestor, and a Dominican mother, the vocalist from Puerto Plata, Carmen Severino, who worked in the various genres of jazz, R&B and Broadway productions.

Michelle Marie is self-taught on the guitar, inspired by Wes Montgomery, Pat Metheny, Keith Jarrett, spelling Jim Hall and she is one of the few female guitarists in jazz today. Accompanying her mother on many tours, she managed to travel to many countries and come into contact with her music. As a child she tried to get her parents to buy her a drum set, after several attempts, she decided to try the guitar, bought one of her own and taught herself to play. Instant success.

Her original compositions and arrangements create an impressionistic atmosphere, fluidity and depth. In her playing style, a relationship between person and instrument is created, where it appears to be a clear extension of her being. And, when you add her voice to that mix, combined with her presence and her artistic desire, Michelle Marie definitely turns heads.

She took time out of her busy schedule to give us this interview so that her fans in the US and the Dominican Republic could catch up on various aspects of her life, her music, and the events. and present and future events of it. Something long and very insightful, worth every minute.

Jazz en Dominicana (JenD): Who is Michelle Marie?

Michelle Marie (MM): Michelle Marie is a musician, artist, educator, songwriter, producer. She has an immense passion for music, always creating new projects for personal and musical growth. She admires the sea, surfing and nature. She always wants to continue growing as an artist.

One goal that she has always achieved, in one of the most difficult careers to maintain, is bravery. It's what has led her to many epic performances with great artists, working in Broadway shows, traveling the world, leading my own band, and most of all, staying consistent.

JenD: How do you feel about your Dominican heritage?

MM: My Dominican heritage is very important to me. My mom is from Puerto Plata and the times I have traveled to the Dominican Republic to introduce myself, I always want to stay longer. I love culture, food, music and loving people. Once you get off the plane, you feel the warmth and soul of the island.

The story of her deliverance, her faith, the strength of the family.

My Dominican heritage has taught me the importance of working hard to succeed and the love I have for my mother's homeland is immense.

The beaches are incredible, the countryside, the farms that produce so much, it's just incredible.

I was raised with very strong roots from my mother and grandmother. My grandmother is the person who really made me learn to speak Spanish. Her method was not to talk to me if she didn't speak to her in Spanish. She very smart of the part of her. I look back at her power, intelligence of her, not by education, but by strength and faith.

JenD: You are self taught, how did you start?

MM: At first it was very difficult to find a teacher. I decided that I would just buy a guitar and theory books and teach myself. I spent a lot of time practicing and learning all the essential fundamentals and meeting other musicians who helped shape my musical skills. Composing has always come naturally to me.

JenD: What are your favorite genres to interpret?

MM: Jazz, R&B classical, classic rock, and recently I had to learn the Greek instrument Bouzouki for a Broadway show and really started to get into Greek music.

JenD: Who were your influences? What do you like to play?

MM: The biggest influence on my life was guitarist Eddie Van Halen, which led me to Jimmy Page, and I bridged the gap from rock to jazz with guitarist Pat Metheny.

I love playing music that comes from when you first pick up the guitar. Expressionism I call it, feeling your emotions in that very second you pick up the guitar, that's what I like to do the most.

JenD: You like to play a mix of your own and known music, why?

MM: Yes, a lot! I love R&B music and sometimes add R&B songs to my playlist. I add some re-harmonizations to the harmony and rhythmic variations and what I see is that the audience likes transitions, familiar music. It opens the audience to a varied musical ensemble.

JenD: Michelle, you play in various bands, various genres, how do you handle this?

MM: Very good question! How I can? Well, in the end, it's a lot of work! A lot of time just practicing the material. Although I like the challenge, it is something I look forward to. My love for Latin music involves me a lot and I always learn something new.

Then, for example, new music for a Broadway musical that I had to learn by reading the sheet music and having no reference except the composer's, becomes a great challenge in itself.

JenD: COVID made everything stop for almost two years, at least live performances. What did you do during that time and what is on your mind right now?

MM: With COVID, everything stopped! For almost two years the silence was truly unbelievable, unbearable and terrifying. The world stopped. I was right in the middle of mmrockcamp winter session and playing a challenging rock song by the band Rush (Tom Sawyer) and all of a sudden this virus came out and in the middle of March 2020 everything had to shut down.

I was amazed at how the world and my hometown, a place like New York, became such a peaceful place. All we could do was focus on something that would give us some peace, which luckily is music. So, I wrote a lot of music, I worked on a documentary that I produced called Music From The Playground, which was interviews with musicians about the pandemic and how they dealt with it. It really was something none of us had ever experienced, a really difficult time.

-----0-----

With this answer we come to the end of the first part of the interview with Michelle Marie.

2 of 2

Michelle Marie, a simple girl from New York; Since she grew up in the Bronx, she loved to ride her bike, play catch, and surf. From her Lovingly remembers her growing up years, when music played on the streets that, she says, "created a vibe I'll never forget."

Since 2019 Michelle Marie had been in the Broadway Summer musicals: The Donna Summer Musical, The

Cher Show, among others; She is currently producing a documentary and all her music about Covid-19, through images and live video. In addition to being a musician, composer, arranger and educator, she is the president of her music program mmrockcamp, as well as a short film producer in NY.

She has accompanied artists such as Mary J. Blige, Patty Labelle, Sheila E., Marc Anthony, among others. She has played at places like Carnegie Hall, the Birdland, the Blue Note; at festivals around the world. She has performed in our country at the Dominican Republic Jazz Festival, and at the Santo Domingo Jazz Festival at Casa de Teatro. She has toured the United States, Canada, Puerto Rico, Italy, Spain, among other places.

Jazz en Dominicana (JenD): What is the Michelle Marie Trio doing today?

Michelle Marie (MM): I just got back from Quebec where I played at the Fall Jazz Festival at the end of October and as things get back to normal I will focus on local songwriting and performances and then in the spring of 2023, we will be doing more performances with new music and band.

JenD: You've been busy with Black Girls Rock, what's it all about?

MM: Black Girls Rock (BGR) is a project created by Beverly Bond. Her goal is to empower young women of color and give them better images than the negative portrayals seen in the media. Since 2006, Black Girls Rock has been dedicated to the development of young women and girls. It seeks to develop the self-esteem and self-worth of young women of color, changing their perspective on life and helping them to empower themselves. I have been working as an educator and House Band member with the BGR project since 2010.

JenD: You've had your own summer camp, MMROCKCAMP, for a while, how's it going?

MM: Well, unfortunately we had to close the school due to Covid, but now in the summer of 2022 we have reopened and with new students. Many alumni also came to visit us, which was very nice. It actually turned into a reunion concert that just rocked, Currently, we open the doors at the end of September and already have a solid reservation for the private lessons of the band's performance program.

JenD: What are your current projects?

MM: I am currently organizing all my compositions for a new recording during the winter of 2022 and early 2023 for a spring release.

JenD: Tell us about your current endorsements?

MM: I've had the privilege of being endorsed by D'Addario Strings and Gretsch Guitars, for 12 years now and we're still at it; others are Zoom Q3HD (Video Recorders) for the past 4 years; Eventide Audio of which I am part of the Department of Artists Representatives;

and Seymour Duncan (guitar picks, pedals, etc.) for the past 10 years; with them there will be an artist video in which I will participate and that will be out this winter.

JenD: Where are you playing these days?

MM: I always keep playing jazz, learning new concepts like the teachings of Barry Harris, transcribing bebop, then switching to rock guitar solos from the great guitarists like Jimi Hendrix lately and reaching further into the classical repertoire.

JenD: If you could choose, who would you like to play with and why?

MM: Jack DeJohnette. The best drummer of all time!

JenD: What music are you listening to these days?

MM: R&B and Jazz

JenD: What is the balance between music, intellect and soul for you?

MM: The soul is the balance to keep the music alive within.

JenD: What do you see as the next musical frontier for you?

MM: Tito Puente used to say that he wanted to play on the moon, mine is a little closer: The North Pole, before all the ice has gone.

JenD: Tell us the first thing that comes to mind.
JenD: Michelle Marie.
MM: The artist.

JenD: The guitar.
MM: My extension.

JenD: New York.
MM: Very agitated.

JenD: Dominican Republic.
MM: The calm and the beach.

JenD: Favorite recording by another musician.
MM: Gloria's Step by the Bill Evans Trio.

-----0-----

After a few cups of coffee and going back and forth with questions and answers, looking back at those good old days, how much you have grown as an artist and as a person, we can't help but be both honored and proud of where you are today. Michelle Marie and what will come of her in the coming months and years.

We thanked her for the time taken from her schedule, the honesty and love shown by her. We asked her for a final message to share with our readers, to which she responded:

MM: I want to share with a whole host of news as we wind down 2022 and 2023 is around the corner. In addition to being a member of Paradise Square on Broadway, I've been offered a part in the national tour of Fiddler on the Roof in spring, playing both the mandolin and the guitar. I just joined a Gogo and Bangles tribute cover band called Bangos in New York and lastly stay tuned for my new music which I'll be putting out after

Christmas break and hopefully I'll also be able to visit DR

for a presentation.

Clicking the QR above will take you to Spotify where you can listen and enjoy the Michelle Marie album.

A Dominican Jazz Sampler - Playlist by Jazz en Dominicana

Recently, the Dominican guitarist based in the United States Javier Rosario released his first CD entitled: *Javier Rosario - Javier Rosario Trio Vol I: A celebration of Life.* The group The Dominican Jazz Project also released a new production, their second, entitled: *Desde Lejos.*

During 2022, amongst various musicians, pianist Gustavo Rodríguez, the young trumpet prodigy Jhon Martez and saxophonist Alexander Vásquez and his Hexatonale Jazz Group released their very first record productions. These being the most recent to be added to the discography of Jazz in our country!

The Playlist that we have prepared is made up of a selection of jazz songs performed by Dominican musicians and / or groups, and which are found in their diverse and varied record productions.

Music by, among others: Darío Estrella, Mario Rivera, Michel Camilo, Alex Díaz, Juan Francisco Ordóñez, Rafelito Mirabal & Sistema Temperado, Oscar Micheli, Yasser Tejeda, Pengbian Sang & Retro Jazz, Piña Duluc Project, Josean Jacobo, Isaac Hernández, Joshy Melo, Wilfredo Reyes and Jose Alberto Ureña.

We note that this is a non-definitive selection of our Jazz. More will be added over time. We have tried to have at least one song from each musician who has released a record production.

In the QR above you can enjoy the playlist through your cell phone.

The "QR (Quick Response Code) code allows us to listen instantly, through a mobile phone or other technological device,

** Download a QR Code reader application, available in the Google Play Store, if you have Android, or the App Store, if you have Apple technology.

About the Author

Fernando Rodriguez De Mondesert

Fernando Rodriguez De Mondesert was born in Santo Domingo, Dominican Republic; at a very young age moved to the United States where he lived and went to school in Hempstead, NY. He then studied at the University of Houston and exercised his early career with Hilton Hotels until 1982 when he returned to his home country. From 1983 to 2008 dedicated to the transport and freight logistics sector; having been, among others: Operations Manager of Island Couriers/Fedex; Manager - Air Division for Caribetrans, and Country Manager of DHL. In 2006, he created Jazz en Dominicana, and since 2008 he has been dedicated to informing, promoting, positioning and developing jazz in the country and Dominican jazz to the world.

Via Jazz en Dominicana, the cultural gestor and promoter has developed a series of products and services that complement the mission chosen for this musical genre. These include:

- Writer: He has written almost 2,200 articles in the Blog; his articles have been published in Dominican national newspapers such as: "Listín Diario", "Hoy", "El Caribe" and "Diario Libre". He writes in the famous site All About Jazz in English. He is a member of the Jazz Journalist Association.
- Creator and producer of live Jazz venues: these have held more than 1,400 events since September of 2007. The venues currently are Fiesta Sunset Jazz, Jazz Nights at Acropolis, and Jazzy Tuesdays in the city of Santo Domingo.
- Concert Producer: The World Jazz Circuit stands out, in which great artists such as Peter Erskine, John Patitucci, Frank Gambale and Alex Acuña were presented; the concerts that for 11 consecutive years have been performed as part of International Jazz Day, among others.
- Liner Notes writer and producer of record production releases. To date he has written the Liner Notes for 13 albums, and produced 10 CD release concerts.
- Others: Speaker in events and others on the genre; participation in radio programs; taking Dominican groups to international festivals; since its inception he has been a member of the panel of judges for the 7 Virtual Jazz Club Contest, this year being chosen as President of the Jury; among others.
- He has received many awards, including: the Ministries of Tourism and Culture of the Dominican

Republic, UNESCO, Centro Leon, International Jazz Day, Herbie Hancock Institute of Jazz, Universidad Pedro Henriquez Ureña (UNPHU), Casa de Teatro, Festival de Arte Vivo, MusicEd Fest, in 2012 the Casandra as Co-Producer of the Concerto of the Year Jazzeando (Dominican Republic´s Oscars/Grammys).

Winner of the Global Blog Awards 2019 Season II. This is ow the fifth title that he has published with Ukiyoto Publishing Company, the others being: *Jazz en Dominicana - The Interviews 2019* (February 2020); *Women in Jazz .. in the Dominican Republic* (February 2021); *Jazz en Dominicana - The Interviews 2020* (April 2021); and. *Jazz en Dominicana - The Interviews 2021* (February 2022).

By the above mentioned, Fernando has and will continue to contribute to the culture of music, especially Jazz, in the Dominican Republic.

The Interviewees

Sandy Gabriel

Angel Irizarry

Federico Mendez

Jose Alberto Ureña

Wilfredo Reyes

Alexander Vasquez

Carlito Estrada

Carlos Mota

Corey Allen

Michelle Marie

www.ingramcontent.com/pod-product-compliance
Lightning Source LLC
LaVergne TN
LVHW091628070526
838199LV00044B/983